KB270785

성석제가 찾은

맛있는 문장들

성석제가 찾은

맛있는 문장들

문학 집배원
성석제 엮음

창비

수문지기의 마음으로

제가 나서 자란 고향집 위쪽에는 저수지가 있었습니다. 아득히 높고 긴 둑 왼쪽에 수문이 있었고 수문 위 산 아래에는 수문지기의 집이 있었지요. 양철로 지붕을 하고 붉은 칠을 한 양옥집이었습니다. 그 집 앞을 시나다닐 때면 누가 그곳에 사는지 궁금했고 윤기가 나는 마루에 앉아보고 싶었습니다.

'문학집배원'이라는 말을 들었을 때 저는 그 수문지기를 떠올렸습니다. 문학집배원(文學集配員)의 '집(集)'에는 모은다는 뜻도 있고 모인다는 뜻도 있습니다. '배(配)'는 물론 나눈다는 뜻이지만 술의 빛깔이라느니 짝을 지어준다는 뜻도 있군요. 저는 저수지 가득한 잘 익은 술과 같은 아름다운 빛깔의 문장이 많은 사람의 가슴과 머리로 흘러갈 수 있도록 수문을 열었다 닫았다 하는 일을 잠시 맡았습니다.

문장에는 아름답고 슬프고 즐겁고 힘찬, 인생 희로애락애오욕의 모든 특성이 담겨 있습니다. 이 문장이 냇물과 도랑을 따라 흘러갈 때, 그 소리에 귀를 기울여주십시오. 냇가를 따라 달리셔도 좋고 도랑에 발을 담그셔도 좋습니다. 문장으로 푸르러진 마음의 풀밭에 누워서 푸른 하늘을 바라보시든가요.

저수지의 물로 세수를 하고 둑 위에 서서 얼굴에 묻은 물을 바람에 말리던 때를 떠올립니다. 수문 반대편 커다란 플라타너스 나무에 바람이 집을 짓던 것처럼 모든 문장은 자연스럽게 제자리에 깃들이는 법이니 이 자연스러움에 흔연히 함께해주시기를.

2009년 2월

성석제

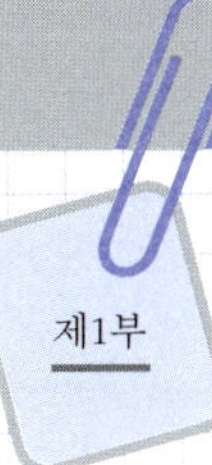

제1부

내 이럴 줄 알았지

우리 동네 김씨

이문구

대강 정돈이 된 듯하자 면직원은 부면장을 돌아다보았다. 매양 그랬듯이 부면장은 뒤에서 서서 잇긋도 않고 방위병이 앰프 손질하는 것만 지켜보고 있었다. 앰프와 확성기는 각각 두 대의 자전거 짐받이에 얹혀 있었으며, 수백명의 귀청을 찢는 비명만 지를 뿐, 좀처럼 말을 들을 성싶지 않았다. 면직원이 입 다물어유, 앉어줘유, 담배들 꺼유, 소리를 두어 차례 더 외친 뒤에야 확성기는 조용할 줄 알았다. 이윽고 부면장이 명승 담뱃갑만한 마이크를 손아귀에 넣고 돌아서며 훅훅 불어 성능시험을 하더니, 일년 전의 그것에 한마디도 늘고 줄음이 없는 것 같은 소리를 되풀이했다.

"안녕허십니까. 신을쨍(申乙鍾)이올시다. 이름이 션찮여 부민 장백이는 못헙니다마는, 지가 여러분들보다 배운 게 많다거나, 워디가 잘나서 이 앞에 슨 건 아닙니다. 이 점 양해해주시기 바랍니다. 오늘 교육에 면장님께서 꼭 나오실라구 허셨습니다마는 급헌 호의가 있어서 아직 못 나오시는 걸루 알구 있습니다. 호의만 끝나면 즉시 나오셔서 교육에 임허실 줄루 알고 있습니다마는,

그동안은 지가 몇말씀 드리겄습니다.”

여기까지가 예나 이제나 조금도 변함없는 부면장의 인사였다. 부면장은 하던 말을 계속했다.

“그런디 교육에 들어가기 전에 지가 특별히 부탁을 드리겄습니다. 제발 퇴비 좀 부지런히 해달라 이겝니다. 워떤 동네를 가볼래두 장터만 벗어났다 허면, 질바닥으 풀에 걸려 댕길 수가 읎는 실정이더라 이 얘깁니다. 아마 여러분들두 느끼셨을 중 알구 있습니다마는, 풀에 갬겨서 자즌거가 안 나가구 오도바이가 뒤루 가는 헹편이더라 이겝니다. 풀 벼서 남 줘유? 퇴비허면 누구 농사가 잘되느냐 이 얘깁니다. 식전 저녁으루 두 짐쓱만 벼유. 그런디 저기, 저 구석은 뭣 땜이 일어났다 앉었다 허메 방정 떠는겨? 왜 왔다리갔다리 허구 떠드는 겨? 꼭 젊은 사람들이 말을 안 탄단 말여. 야 ― 저런 싸가지 읎는 늠으 색긔…… 야늠아, 말이 말 같잖여? 너만 덥네? 저늠으 색긔…… 즤애비는 저기 즘잖게 앉어 있는디 자식은 저 지랄을 혀. 이중에는 동기간이나 당내간은 물론이구 한 집에서 듯씩 싯씩 부자지간이 교육을 받으러 나오신 분두 즘잖은 줄로 알구 있습니다마는, 웬제구 볼 것 같으면 아버지나 윗으른은 즘잖게 시키는 대루 들으시는디, 그 자제들은 당최 말을 안 타구 속을 썩이더라 이겝니다. 교육중에 자리 이사 댕기구, 간첩모냥 쑥떡거리구…… 야늠아, 너 시방 워디서 담배 피는 겨? 너는 또 워디 가네? 저늠의 색긔들…… 그래두 안 껴? 건방진 늠

같으니라구. 너 깨금말 양시환씨 아들이지? 올봄에 고등핵교 졸
웁헌 늠 아녀? 너지? 건방머리 시여터진 늠 같으니라구."
　부면장이 한바탕 들었다놓은 뒤에야 겨우 뭘 좀 하는 곳 같아
졌다.

『우리 동네』, 민음사 1981

　　가능한 한 천천히 읽어보십시오. 천천히 듣고 천천히 씹으십시오. 사투리를 몰라도 상관없습니다. 뜻을 다 몰라도 상관없습니다. 우리말이 얼마나 맛있는지 알 수 있습니다. 고샅길 한구석에 조용히 피어 있는 민들레 같은, 동네 입구에 수굿이 서 있는 가래나무 같은 이런 한 대목이 우리 문학을 깊게 하고 힘있게 합니다. 우리 정신문화의 보화가 됩니다.

봄·봄

김유정

장인님이 일어나라고 해도 내가 안 일어나니까 눈에 독이 올라서 저편으로 힁허케 가더니 지게막대기를 들고 왔다. 그리고 그걸로 내 허리를 마치 돌 떠넘기듯이 쿡 찍어서 넘기고 넘기고 했다. 밥을 잔뜩 먹고 딱딱한 배가 그럴 적마다 퉁겨지면서 밸창이 꼿꼿한 것이 여간 켕기지 않았다. 그래도 안 일어나니까 이번에는 배를 지게막대기로 위에서 쿡쿡 찌르고 발길로 옆구리를 차고 했다. 장인님은 원체 심청(마음보)이 궂어서 그러지만 나도 저만 못하지 않게 배를 채었다. 아픈 것을 눈을 꽉 감고 넌 해라 난 재미난 듯이 있었으나 볼기짝을 후려갈길 적에는 나도 모르는 결에 벌떡 일어나서 그 수염을 잡아챘다마는 내 골이 난 것이 아니라 정말은 아까부터 뭘 뒤 울타리 구멍으로 점순이가 우리들의 꼴을 몰래 엿보고 있었기 때문이다. 가뜩이나 말 한마디 톡톡히 못한다고 바보라는데 매까지 잠자코 맞는 걸 보면 짜정 바보로 알 게 아닌가. 또 점순이도 미워하는 이까짓 놈의 장인님, 나곤 아무것도 안되니까 막 때려도 좋지만 사정 보아서 수염만 채고(제 원대

로 했으니까 이때 점순이는 퍽 기뻤겠지) 저기까지 잘 들리도록

"이걸 까셀라부다!"

하고 소리를 쳤다.

장인님은 더 약이 바짝 올라서 잡은 참 지게막대기로 내 어깨를 그냥 내려갈겼다. 정신이 다 아찔하다. 다시 고개를 들었을 때 그때엔 나도 온몸에 약이 올랐다. 이 녀석의 장인님을, 하고 눈에서 불이 퍽 나서 그 아래 밭 있는 낭(둔덕) 아래로 그대로 떠밀어 굴러버렸다. 조금 있다가 장인님이 씩씩하고 한번 해보려고 기어오르는 걸 얼른 또 떠밀어 굴러버렸다.

기어오르면 굴리고 굴리면 기어오르고 이러길 한 너덧 번을 하며 그럴 적마다

"부려만 먹고 왜 성례 안하지유!"

나는 이렇게 호령했다. 하지만 장인님이 선뜻 오냐 낼이라두 성례시켜주마 했으면 나도 성가신 걸 그만두었을지 모른다. 나야 이러면 때린 건 아니니까 나중에 장인 쳤다는 누명도 안 들을 터이고 얼마든지 해도 좋다.

한번은 장인님이 헐떡헐떡 기어서 올라오더니 내 바짓가랑이를 요렇게 노리고서 단박 움켜잡고 매달렸다. 악, 소리를 치고 나는 그만 세상이 다 팽그르 도는 것이

"빙장님! 빙장님! 빙장님!"

"이 자식! 잡아먹어라, 잡아먹어!"

“아! 아! 할아버지! 살려줍쇼, 할아버지!”

하고 두 팔을 허둥지둥 내저을 적에는 이마에 진땀이 쭉 내솟고 인젠 참으로 죽나보다 했다. 그래도 장인님은 놓질 않더니 내가 기어이 땅바닥에 쓰러져서 거의 까무러치게 되니까 놓는다. 더럽다, 더럽다. 이게 장인님인가, 나는 한참을 못 일어나고 쩔쩔맸다. 그렇게 얼굴을 드니(눈에 참 아무것도 보이지 않았다) 사지가 부르르 떨리면서 나도 엉금엉금 기어가 장인님의 바짓가랑이를 꽉 움키고 잡아낚았다.

내가 머리가 터지도록 매를 얻어맞은 것이 이 때문이다. 그러나 의기가 또한 우리 장인님이 유달리 착한 곳이다. 여느 사람이면 사경을 주어서라도 당장 내쫓았지 터진 머리를 불솜으로 손수 지져주고, 호주머니에 희연(담배 상표 이름) 한 봉을 넣어주고 그리고

“올갈엔 꼭 성례를 시켜주마, 암말 말구 가서 뒷골의 콩밭이나 얼른 갈아라.”

하고 등을 뚜덕여줄 사람이 누구냐.

나는 장인님이 너무나 고마워서 어느덧 눈물까지 났다. 점순이를 남기고 인젠 내쫓기려니, 하다 뜻밖의 말을 듣고

“빙장님! 인제 다시는 안그러겠어유!”

이렇게 맹서를 하며 부랴사랴 지게를 지고 일터로 갔다.

그러나 이때는 그걸 모르고 장인님을 원수로만 여겨서 잔뜩 잡

아당겼다.

"아! 아! 이놈아! 놔라, 놔, 놔."

장인님은 헛손질을 하며 솔개미에 챈 닭의 소리를 연해 질렀다. 놓긴 왜, 이왕이면 호되게 혼을 내주리라 생각하고 짓궂이 더 당겼다. 마는 장인님이 땅에 쓰러져서 눈에 눈물이 피잉 도는 것을 알고 좀 겁도 났다.

"할아버지! 놔라, 놔, 놔, 놔놔."

그래도 안되니까

"얘 점순아! 점순아!"

이 악장(악을 치며 싸움)에 안에 있었던 장모님과 점순이가 헐레벌떡하고 단숨에 뛰어나왔다.

나의 생각에 장모님은 제 남편이니까 역성을 할는지도 모른다. 그러나 점순이는 내 편을 들어서 속으로 고소해하겠지. 대체 이게 웬 속인지(지금까지도 난 영문을 모른다) 아버질 혼내주기는 제가 내래놓고 이제 와서는 달려들며

"에그머니! 이 망할 게 아버지 죽이네!"

하고 내 귀를 뒤로 잡아당기며 마냥 우는 것이 아니냐. 그만 여기에 기운이 탁 꺾이어 나는 얼빠진 등신이 되고 말았다. 장모님도 덤벼들어 한쪽 귀마저 뒤로 잡아채면서 또 우는 것이다.

이렇게 꼼짝 못하게 해놓고 장인님은 지게막대기를 들어서 사뭇 내리조겼다. 그러나 나는 구태여 피하려지도 않고 암만해도

그 속 알 수 없는 점순이의 얼굴만 멀거니 들여다보았다.

"이 자식! 장인 입에서 할아버지 소리가 나오도록 해?"

『20세기 한국소설』 5권, 창비 2005

우리 소설문학에서 가장 '웃기는' 것으로 꼽히는 것이 김유정의 소설이고 그중에서도 「봄·봄」이며 또 그중에서도 사윗감과 장인이 서로 치고받는 이 장면입니다.

그런데 막상 소설 속에 들어가서 둘러보면 웃는 사람은 보이지 않습니다. 우는 사람은 있군요. 그런데도 우습습니다. 이처럼 희비극이 뒤섞여 웃다 울다 하는 게 세상사겠지요. 눈물 젖은 얼굴로 웃는 것, 아니면 웃는 얼굴에 눈물방울이 떨어지는 것.

김유정은 유난히 이런 장면을 잘 포착하고 뛰어나게 그려낸 작가였습니다. 그의 삶이 그러했기 때문에 그럴 수 있었겠지요. 또한 그 삶에서 한걸음 떨어져서 냉정하게 관찰하며 차근차근 문장의 매듭을 지어간 것은 바로 투철한 작가정신, 아니 소설가의 본성 때문이겠습니다. 제가 그에게 작가 이전에 인간으로서 마음에서 우러나는 경의를 가지게 된 계기는 지금 인용할 소설, 「땡볕」의 한 대목에 들어 있습니다.

아내는 더위에 속이 탔음인지 행길 건너 그늘에서 팔고 있는 얼음

냉수를 손으로 가리킨다. 남편이 한푼 더 보태어 담배를 사려던 그 돈으로 얼음냉수를 한 그릇 사다가 입에 먹여까지 주니 아내도 황송하여 한숨에 들이킨다. 한 그릇을 다 먹고 나서 하나 더 사다주랴 물었을 때 이번에는 왜떡이 먹고 싶다 하였다. 덕순이는 이것이 마지막이라는 생각으로 나머지 돈으로 왜떡 세 개를 사다주고는 그래도 눈물을 씻을 줄 모르고 그걸 오직오직 깨물고 있는 아내를 이윽히 바라보고 있었다. 그러다 아내가 무슨 생각을 하였는지 왜떡을 입에 문 채 훌쩍훌쩍 울며

"저 사촌형님께 쌀 두 되 꿔다먹은 거 부대 잊지 말고 갚우."

하고 부탁할 제 이것이 필연 아내의 유언이리라고 깨닫고는

"그래 그건 염려 말아!"

"그러구 임자 옷은 영근 어머니더러 사정 얘길 하구 좀 빨아달래우."

하고 이야기를 곧잘 하다가 다시 입을 이그리고 훌쩍훌쩍 우는 것이다. 덕순이는 그 유언이 너무 처량하여 눈에 눈물이 핑 돌아가지고는 지게를 도로 지고 일어선다. 얼른 갖다 눕히고 죽이라두 한 그릇 더 얻어다 먹이는 것이 남편의 도릴 게다.

때는 중복허리의 쇠뿔도 녹이려는 뜨거운 땡볕이었다.

덕순이는 빗발같이 내려붖는 얼굴의 땀을 두 손으로 번갈아 훔쳐가며 끙끙 내려올 제, 아내는 지게 위에서 그칠 줄 모르는 수많은 유언을 차근차근 남기자, 울자, 하는 것이다.

방귀수좌

현진스님

여러 선방을 몇년씩 다닌 선객들치고 방귀수좌(首座·선방에서 참선하는 스님을 일컫는 말)를 모르는 이가 별로 없다. 그의 방귀는 입선시간, 예불시간을 가리지 않고 또 선실, 공양방도 꺼리지 않으며 무애자재하다. 이제 소리만 들어도 알 수 있을 만큼 귀에 익었다. 그의 방귀는 "케첩방귀"로 알려져 있는데, 그것은 케첩을 짜낼 때 나는 "삐비삑" 소리와 흡사해서이다. 이 케첩방귀의 특징은 소리가 커서 옆 사람을 화들짝 놀라게 하고, 냄새가 멀리 퍼질뿐더러 숨을 제대로 쉬지 못할 만큼 지독하다. 방귀수좌 옆자리에 앉은 스님은 해제할 무렵이면 얼굴이 노랗게 뜰 것이라는 우스갯소리까지 나오는 걸 보면, 예사 방귀가 아닌 것은 확실하다.

방귀수좌가 송광사 선원에서 정진할 때 진짜 실력을 발휘한 일은 지대방에서 자주 회자되는 얘기다. 송광사 선원에서 결제 들어간 지 며칠 지나지 않아 그의 방귀 얘기가 슬슬 대중의 입에 오르내리기 시작하였다. 한번씩 방귀를 뀌면 소리가 얼마나 큰지 정진하던 스님들의 화두가 달아날 지경이었다. 그리고 어떤 스님은 웃음을 참지 못해 키득키득 웃는 일이 생기니, 소임자 스님이 공부 분위기를 생각하여 한마디하지 않을 수 없었다.

"스님, 대중 스님 공부에 방해가 되니 나가서 뀌고 오든지, 아니면 조심해서 소리를 내시오."

우습게도 방귀 때문에 시비를 가리는 지대방 공사가 벌어진 셈이다. 이제 한번 더 방귀를 뀌는 날에는 대중 참회를 피할 수 없을 것 같았다. 대중처소에 사는 죄로 방귀도 시원하게 뀌지 못한다며 투덜거리던 방귀수좌. 그날부터 맛있게 비벼먹던 밥도 줄이고, 소화 잘되는 음식만 먹었다.

아침 정진시간이었다. 어디선가 "뽀옹" 하는 방귀소리가 흘러나왔다. 방귀수좌가 앉은 쪽이었다. 스님이 뭔가 변명을 하려고 고개를 들자, 대중들의 눈빛이 모두 방귀수좌를 의심하고 있었다. 방귀수좌는 손을 내저었다.

"이번엔 내가 아닙니다. 여러분도 아는 것처럼 이렇게 힘없는 방귀는 아니지 않소."

안절부절못하는 그의 말을 누구도 믿으려는 기색이 없었다. 잘못하면 억울하게 범인으로 오해받을 상황이었다. 바로 그때 뒷자리에 앉은 스님이 충청도 말씨로 "지가 뀌었구먼요" 하여 방귀수좌는 겨우 위기를 모면했고, 그 바람에 대중들은 정진도 잊은 채한바탕 웃음보를 터뜨렸다.

사시 공양시간이었다. 큰방에서 공양하던 방귀수좌는 등골에

식은땀을 흘리고 있었다. 속이 심상치 않은 것이 아무래도 일을 한번 내야 시원할 것 같았기 때문이었다. 참다못해 그만 터뜨리고 말았다.

"퍼버벙!"

참았다가 한꺼번에 쏟아진 소리는 마치 뇌성벽력 같았다. 조용히 공양하던 대중들이 얼마나 놀랐는지 숟가락을 떨어뜨린 스님도 있었다. 공양이 끝난 뒤 소임자 스님이 "스님은 자신의 잘못을 참회하시오" 하자, 방귀수좌는 대중 앞에 나아가 정중하게 절을 하였다. 그런데 더욱 우습게 된 것은 마지막 세번째 절을 마치고 일어나면서 또다시 "뽕" 하고 소리를 낸 일이다.

『삭발하는 날』, 호미 2001

　　우리말 아는 사람치고 이 대목에서 안 웃을 사람은 없을 것 같은데요. 산사의 엄숙한 정진 과정에서도 생리현상은 발생하기 마련인데 이 엄숙함이 웃음을 더 강하게 하는 게 아닐까요.

　　내 손으로 내 발바닥을 간질이면 간지럽지 않은 이유는? 스스로가 간질인다는 사실을 알고 있기 때문이라고 하지요.

　　의도하지 않은 상태에서 튀어나오는 웃음은 그만큼 순도가 높습니다. 그것이 세사에 때묻지 않은 도인들의 것이고 진리를 추구하는 진지하고 엄숙한 자리에서라면 더구나.

　　이 책에 들어 있는 웃음에는 중독성이 있습니다. 이따금 다시 꺼내 읽을 때마다 또다시 터지는 웃음이 언제나 저를 갱신하는 것을 느낀답니다. 더이상의 군말을 하느니 하나를 더 인용합니다.

　　'호미수좌'는 실제 인물이었지만 얼굴이나 진짜 법명을 기억하는 이는 별로 없다. 다만 수좌로서 항상 호미를 지니고 다녔기 때문에 '호미수좌'라 불렀다는 것이다.

　‘호미수좌’는 해인사 행자실의 기강과 자세를 군대 내무반에 준할 정도로 절도 있고 엄격하게 바꾼 주인공이다. 해병대 출신이었던 그가 고참 행자가 되면서 행자실 분위기를 군대식 동작과 구호를 도입하여 처음 사용하였다고 한다.

　‘호미수좌’는 그 이름처럼 밥을 먹을 때나 잠을 잘 때도 호미는 빼놓지 않고 꼭 지녔다는데 호미날은 닳아서 아주 무디었다. 그러니까 그 호미는 흉기로 들고 다닌 것이 아니라 밭일 할 때의 자세처럼 마음을 날마다 갈무리한다는 뜻이었다.

　뭐니 뭐니 해도 ‘호미수좌’가 일약 산중의 스타가 된 것은 성철스님과 나눈 법거량(法擧量·스승을 찾아 공부를 점검받는 일) 때문이다. 백련암을 찾아간 ‘호미수좌’가 성철스님 앞에 호미를 내놓고 일구(一句)를 던졌다.

　“삼삼(三三)은 구(九)!”

　이윽고 ‘호미수좌’에게 돌아온 전광석화 같은 성철스님의 대구(對句)는 이 한마디였다.

　“구구(九九)는 팔십일(八十一)이다, 이놈아!”

　구구단 외기 같은 이 게임은 누가 이긴 걸까. 선문답에는 모범답안이 없다. 다만 그 다음날 ‘호미수좌’는 걸망을 챙기고 일주문을 내려갔다는 이야기만 전해질 뿐이다. (「정답이 없다」, 같은 책)

갈팡질팡하다가 내 이럴 줄 알았지

이기호

그러니까 그날 또한 어떤 **예감이나 전조** 같은 것은 전혀 없었다. 그저 다른 날과 마찬가지로 같은 반 친구 대여섯 명과 함께 학교 옆 건물 이층에 위치한 당구장에서, 충실히 야간자율학습에 임하고 있었던 것이다. 경기에서 지는 사람이 게임비를 지불하는, 전(全)지구적인 당구룰 때문에, 나와 친구들은 꽤 진지하고 신중하게, 당구를 치고 있었다. 더구나 이미 한 명은 게임에서 이겨 당구장 창턱에 올라앉아 여유롭게 승자의 담배를 피우고 있는 상황이었다. 한 큐 한 큐에 일주일치 용돈이 왔다갔다하는 상황, 친구들 한 큐 한 큐에 깜짝깜짝 놀라는 상황, '뽀록'으로 경기를 끝내면 그야말로 살인이라도 날 것만 같은 상황, 그런 순간이었다. 예감은 무슨, '큐대'를 잡은 손바닥에 땀만 배어나올 뿐이었다.

한데, 그때 창턱에 앉아 거리를 내려다보고 있던 친구가 다급하게 나를 불렀다.

"야, 일루 와봐. 저기, 저거, 덕만이 맞지?"

때마침 나는 막바지 '쿠션'에 임하고 있었다. 초보자들도 능히 칠 수 있을 만큼 쉬운 공이었다. 상대방 공은 당구대 한쪽 구석에 수줍은 듯 숨어 있었고, 경쟁자들은 한숨을 내쉬고 있었다. 그러니까 별다른 일이 없으면 내가 이등으로 경기를 끝마칠 수 있는, 그런 상황이었다.

한데, 나는 그러질 못했다. 친구의 입에서 '덕만이'라는 이름이 발음되는 순간, '틱' 하고 그만 큐가 빗겨나간 것이었다. 그도 그럴 것이 내게 있어 '덕만이'라는 단어는, '핵폭발'이나 '지구 멸망'과 거의 같은 수준의 단어였으니, 어쩌면 그건 너무나 당연한 결과일 수도 있었다. 내가 무슨 스피노자라고, 내일 지구가 멸망하는데 담담하게 한 큐의 쿠션을 돌리겠는가…… 나는 '큐대'를 쥔 채 친구가 있는 창가로 황급히 달려갔다.

그건…… 덕만이가 분명했다. 맥가이버 머리에, '찡' 박힌 가죽 장갑을 끼고, 허리띠를 한쪽으로 길게 내려뜨린 덕만이…… 원주 시내 십대들의 가슴을 서늘케 하는 불후의 조직 '야생마' 4기 멤버이자, 숨을 헉헉 몰아쉬며 내 가슴을 일흔아홉 대까지 때린 덕만이, 나에게 스물한 대를 세이브시켜놓은 덕만이, 덕진이 형 덕만이…… 그 덕만이가, 당구장이 있는 건물로 막 들어서고 있는 모습이 보였다. 이건 또 무슨 '우연의 스리쿠션'인가, 나는 멍하니 그런 생각을 했다.

　그러나 언제까지 그렇게 멍하니, 생각만 하고 있을 순 없었다. 나는 결정을 해야 했다. 이대로 또 덕만이에게 맞느냐, 아니면 적극적으로 도망을 가느냐…… 당구장은 정사각형 모양이었다. 내실도 따로 있지 않았다. 화장실은 일층과 이층 사이 계단에 있었다. 당구장 출입문에 서면 당구장의 전경이 고스란히 드러나는 구조였다. 숨을 곳은 없어 보였다.

　그러나 나는 허둥지둥, '큐대'를 쥔 채 이쪽 당구대에서 저쪽 당구대로, 이쪽 소파에서 저쪽 계산대로, 갈팡질팡 뛰어다녔다. 허리를 숙여 당구대 밑으로 기어들어가보기도 했다. 그러나 공간이 너무 좁았다. 나는 다시 일어나 당구장 맨 구석으로 뛰어갔다. 세면대 옆 수건건조대 뒤에 몸을 웅크리고 앉아보았으나, 마음이 놓이질 않았다. 그래서 또다시 당구장 정중앙으로…… 짧은 시간, 나는 그렇게 당구장 안을 휘젓고 다녔다. 친구들은 멍한 표정으로 나를 지켜만 보았다. 당구장 주인 형도 멍, 소파에 앉아 있던 아저씨들도 멍. 내 머릿속에선 계속 북소리 같은 것이 들려왔다.

　그렇게 계속 갈팡질팡하다가…… 그러다가 나는 결국 덕만이를 처음 발견한 창가로 뛰어갔다. 방법은 그 수밖에 없는 것 같았다. 이층이니까, 그래도 이층이니까…… 착지만 잘한다면 맞는 것보단 그게 더 나을 거란 생각이 들었다. 그제야 친구들도 무언가를 눈치챘는지 우르르, 창가로 달려와 내 팔을 잡으려 했지만…… 나는 조금도 망설이지 않았다. 기껏해야 5미터다. 스물한 대보다 더 나은 5미터…… 그렇게 생각하자 어떤 의지가, 전에 없던 의지가, 나를 다그쳤다. 우연이 나를 찾아오기 전에 어서 빨리…… 폴짝, 나는 이층에서 뛰어내렸다.

성공이었다.

뛰어내릴 땐, 아무것도 보이지 않았고, 아무 생각도 들지 않았다. 단지 그뿐이었다. 갈팡질팡했지만, 어쨌든 나는 안전해졌으니까…… 그러면 된 거니까…… 나는 뒤도 돌아보지 않고 학교 쪽으로 달려갔다.(…)

성공은 성공이었지만…… 그러나 나는 그날 이후, 한 달 넘게 오른쪽 다리에 깁스를 하고 다녀야만 했다. 착지는 무사히 했지만, 그렇다고 뼈까지 무사했던 것은 아니었기 때문이다. 오른쪽 복사뼈 위로 4센티미터가량 금이 가고, 무릎인대와 손목인대도 늘어나버렸다. 병원진단만으론 맞은 것보다 못한 결과였다.

『갈팡질팡하다가 내 이럴 줄 알았지』, 문학동네 2006

우리 소설문학의 강력하고 젊은 엔진소리를 한번 들어보십시오. 번쩍번쩍 기름칠이 잘되어 있지요. 무엇보다 재미있습니다. 1천 3백여년 전 원효스님이 '모든 일에 거리낌이 없는 사람이라야 생사에 헤매는 번뇌에서 벗어나리라(一切無碍人 一道出生死)'고 하셨답니다. 다른 건 몰라도 소설을 쓰는 데 구애되는 바 없이 즐기는 것이 느껴지지 않으십니까.

태평천하

채만식

날이 밝으면서 뚜우 여섯점 고동이 웁니다. 이 여섯점 고동에 맞추어 우리 낡은 윤직원 영감도 새날을 맞느라고 기침을 했습니다.

대단 부지런하고, 이 첫새벽(여섯점)에 일어나는 부지런은 춘하추동 구별이 없이, 오십년 이짝 지켜오는 절대의 습관입니다.

윤직원 영감은 잠이 깨자, 맨 먼저 머리맡의 놋요강을 집어들고, 밤사이 피에서 걸러놓은 독소를 뽑습니다. 신진대사라니, 새 날이 새것을 들여다가 새 생명을 떨치기 위하여 묵은 것을 버리는 것입니다. 묵은 것의 배설! 그것은 참으로 좋은 일입니다.

절절 절절, 쏟아져나오는 액체를 윤직원 영감은 연방 손바닥으로 받아올려다가는 눈을 씻고, 받아올려다가는 눈을 씻고 합니다. 매일 아침 소변으로 눈을 씻으면 안력이 쇠하지 않는다는 것은 전부터 일러오던 말인데, 윤직원 영감은 시방 그 보안법(保眼法)을 행하고 있는 것입니다.

(…)

윤직원 영감은 이윽고 안약 장수를 울릴 그 보안법을 행하고 나서는, 자리옷을 여느 옷으로 갈아입은 뒤에, 담뱃대에 담배를 붙여뭅니다.

푸욱푹 피어오르는 담배연기가 아직도 한밤중인 듯 전등불이 환히 켜져 있는 방 안으로 자욱이 찹니다. 말도 없고 소리도 없고, 인간이란 단 하나뿐, 사람이 심심하기보다도 전등과 방 안의 정물(靜物)들이 도리어 무료할 지경입니다.

담배가 반 대나 탔음 직해서는 삼남이가 부룩송아지 같은 대가리를 모로 둘러, 사팔눈의 시점(視點)을 맞추면서 방으로 들어섭니다. 손에 빨병을 조심조심 들고……

아침마다 하는 일과라, 삼남이는 들고 들어온 빨병을 말없이 내바치고, 윤직원 영감 또한 말없이 그걸 받아놓더니, 물었던 담뱃대를 뽑고, 연상 서랍에서 소라껍질로 만든 잔을 꺼냅니다.

졸졸 졸졸, 놀맘한 게, 또 김이 모락모락 오르는 게, 어쩌면 마침 데운 정종 비슷한 것을 잔에다가 그득 따릅니다.

이것이 역시 오줌입니다. 하나, 여느 오줌은 아니고 동변(童便)이라고, 음양을 알기 전의 어린애들의 오줌입니다.

동변을 받아먹으면 몸에 좋다는 것도, 오줌으로 보안을 하는 것과 한가지로 옛날부터 일러내려오던 말입니다.

(…)

시골서는 동변쯤 받아먹기가 매우 편리했지만, 서울로 오니까는 그것도 대처(大處)의 인심이라, 윤직원 영감 말따나, 오줌도 사먹어야 하게 되었습니다.

이웃의 가난한 집으로 어린애가 있는 데를 물색해서 그 어린애들의 아침 자고 일어난 오줌을 받아오기로 특약을 해두었습니다.

(…)

윤직원 영감은 빨병에서 오줌을 따르는 동안, 삼남이는 마침 생을 한 뿌리 껍질을 벗깁니다.

이건 바로 쩍쩍 들러붙는 약주술로 해장이나 하는 듯이 쪽 소리가 나게 오줌 한 잔을 마시고, 이어서 두 잔, 다시 석 잔, 석 잔을 마시자 삼남이가 생 벗긴 것을 두 손으로 가져다바칩니다.

"그년의 자식이 엊저녁으 짜게 처먹었넝개비다! 오줌이 이렇게 짠 걸 보닝개……"

윤직원 영감은 상을 찌푸리면서 생을 씹습니다.

『태평천하』, 창비 2006

천하에 아무도 부러울 것 없는 듯한 부자집 영감님이 아침마다 건강을 위해 하는 일이 오줌을 이용하는 보안법(保眼法)과 어린아이의 오줌을 장복하는 것입니다. 오줌이 거름이 된다는 걸 생각하면 '식물들의 사생활'을 엿보는 것 같기도 하네요. 식물로 친다면 윤직원 영감은 고목, 거목이겠지만요.

나무가 나이 들고 크다고 해서 무조건 좋은 나무가 되는 것은 아니듯 사람도 언행에 따라 평판이 달라질 겁니다. "이놈의 세상이 어느날에 망하려느냐! 오냐, 우리만 빼놓고 어서 망해라!"라고 해가지고는 좋은 평판을 받기는 어렵겠지요.

윤직원 영감이 시골향교의 우두머리인 직원이 되고 나서 했다는 그 질문, "대체, 거 공자님하구 맹자님허구 팔씨름을 하였으면 누가 이겼으꼬?"의 해답이 저 역시 궁금하군요.

아Q정전

루쉰

아Q는 그 뒤로 여러 해 동안 득의양양했다.

어느 해 봄, 그는 얼큰히 취한 채 거리를 걷다가 담장 아래 양지녘에서 왕(王) 털보가 웃통을 벗어부치고 이를 잡고 있는 것을 보았다. 그는 갑자기 자기 몸도 가려워지는 느낌이 들었다. 이 왕 털보는 나두창도 있고 수염도 텁수룩해서 사람들이 왕라이후(王癩鬍)라고 불렀는데 아Q는 거기서 라이 자를 빼고 부르면서 그를 몹시 경멸하고 있었다. 아Q의 생각으로는, 나두창은 이상한 것이라 할 수 없지만 그 구레나룻만은 정말로 신기해서 남의 눈에 꼴불견이었다. 그래서 그는 나란히 앉았다. 다른 건달들이었다면 아Q는 감히 앉을 엄두도 내지 못했을 것이다. 그러나 이 왕 털보 곁에서 그가 무엇을 무서워하겠는가? 솔직히 말해, 그가 앉아주는 것만으로도 그에게 호의를 베푸는 것이었다.

아Q도 낡은 겹저고리를 벗고 뒤집어서 검사해보았다. 새로 빨았기 때문인지 아니면 꼼꼼하지 못한 때문인지 몰라도 많은 시간을 들여 겨우 서너 마리밖에 잡지 못했다. 왕 털보를 보니, 한 마리 또 한 마리, 두 마리 그리고 세 마리 연달아 입에 넣고 깨물어 톡톡 소리를 냈다.

아Q는 처음에는 실망했지만 나중에는 불만이 생겼다. 같잖은 왕 털보는 저렇게 많은데 자신은 이렇게 적으니 이 무슨 체통 없는 일이란 말인가! 그는 큰 놈을 한두 마리 찾아내려고 했으나 끝내 찾아내지 못하고 겨우 중간치기 한 마리를 잡아서는 못마땅한 듯 두툼한 입술 속으로 밀어넣고 힘주어 깨물어 톡 소리를 냈지만 역시 왕 털보가 내는 소리만 못했다.

그는 부스럼 자국 하나하나가 다 시뻘게져가지고, 옷을 땅바닥에다 내동댕이치며 침을 탁 뱉고 말했다.

"이 버러지 같은 놈아!"

"털 빠진 개놈아, 너 누굴 욕하는 거냐?" 왕 털보가 경멸의 눈을 치켜뜨며 말했다.

(…)

"누군 누구야, 바로 너지!" 그는 일어서서 두 손을 허리에 대고 말했다.

"너 뼈다귀가 근질근질하냐?" 왕 털보도 일어서서 옷을 입으며 말했다.

아Q는 그가 도망가려는 줄 알고 주먹을 내질렀다. 그 주먹은 몸에 닿기도 전에 이미 그에게 붙잡혔고, 그가 잡아당기자 아Q는 비틀비틀 끌려가 즉시 왕 털보에게 변발을 휘어잡혔고 담벼락으로 끌려가 전례대로 머리를 짓찧였다.

"'군자는 말로 하지 손을 쓰지 않는다'!" 아Q는 머리를 비틀며 말했다.

왕 털보는 군자가 아닌 듯 아랑곳하지 않고 그의 머리를 다섯 번이나 짓찧고서 또 힘껏 밀어버려 아Q가 여섯 자도 넘게 멀리 나가떨어지자 만족하고 가버렸다.

『아Q정전』, 전형준 옮김, 창비 2006

문호(文豪)의 작품이라고 해서 재미가 없는 게 아닙니다. 대표작이라 해서 엄숙하게 큰 줄거리만 이야기할 뿐 세세한 묘사를 소홀히 하는 것도 아닙니다. 어떤 작품이든 작은 물방울 하나에서 출발하는 게 아닐까요. 물방울이 모여 샘이 되고 샘물이 개울물이 되며 개울물이 강물이, 강물이 바닷물이 되고 마침내 수증기가 되고 저 높은 곳에서 구름으로 떠돌듯 소설도 아주 기본적인 것에서 출발해서 만인을 감득시키는 걸작이 되겠지요. 그렇게 함부로 재단을 하다니, 뼈다귀가 근질근질하냐고 누군가 묻는 것 같군요. 허나 그대여, 군자는 말로 할 뿐 손을 쓰지 않는 법이라오!

　양지쪽에 앉아 뭘 하든 좋을 날씨군요. 저 부러운 시절 속으로 나가보시지요, 부드럽게.

굿바이, 제플린

박민규

걸렸다.라는 느낌이 들 정도로 제플린을 가까이서 볼 수 있었다. 하지만 정작 언덕 위에 올라서자, 그것이 장대나 밧줄이 닿을 만큼의 거리가 아니란 걸 알 수 있었다. 아아, 절로 한숨이 나왔다. 지능적이고 교활한 흰고래처럼, 제플린은 우뚝 그 자리에 서 있었다. 조롱을 당한 느낌이었다. 하지만 확실히 가까이 있었다. 미려의 원룸과, 외근 나갔다 발견한 모델하우스 정도의 거리랄까. 아무튼 그때였다. 와아, 하는 함성과 함께 한무더기의 코찔찔이들이 언덕길을 올라왔다. 대략 사오 학년 정도 돼 보이는 아이들의 손에는 각기 한 정씩의 총이 들려 있었다. 저거 총 아니냐? 제이슨 형이 외쳤지만 진짜 총일 리 없었다. 형, 저거 비비탄 넣고 쏘는 가짜예요. 야, 잘 만들었네 하는 사이 아이들이 총을 쏘기 시작했다. 목표는 우리들의 제플린이었다. 야, 쏘지 마! 고함이 절로 터져나왔다. 에이 장난감인데 뭘 그래? 제이슨 형이 어깨를 쳤다. 형, 저거 장난 아니에요. 눈에 맞으면 그대로 실명할 정도라니까요. 야, 쏘지 말라니까! 정말이지 더럽게 말 안 듣는 애

새끼들이었다.

　팔을 걷고 나는 코찔찔이들의 무리 속으로 뛰어들었다. 총을 빼앗고 야단을 칠 생각이었는데 아저씨 뭐예요? 하는 소리만 여기저기서 튀어나왔다. 한 놈의 머리를 쥐어박자 갑자기 어디선가 총알이 날아왔다. 악. 이마를 감싸고 나는 주저앉았다. 더럽게 아팠다. 고삼 때 당한 똥침 이후로 이렇게 아팠던 적이 또 있었던가. 아악. 제이슨 형도 어딘가를 맞은 듯 비명을 질렀다. 때가 왔다. 한 사람의 어른으로서, 애새끼들에게 세상의 무서움을 가르쳐야 할 때가 왔다고 나는 생각했다. 말하자면, 이것은 교육이다. 사랑의 매.

　비비탄이란 게 그렇다. 처음엔 눈물이 날 정도로 아프지만, 자꾸 맞다보면 감응이 없어진다. 여기저기서 울부짖음이 터져나왔다. 정신이 들자 두 명의 코찔찔이가 눈앞에서 오열하고 있었다. 나머지들은 우르르 언덕을 뛰어 도망치고 있었다. 엄마한테 말하자, 신고할 거야, 차 번호 외웠지 등의 목소리가 먼지와 함께 바람에 실려 돌아왔다. 오열하던 두 명의 코찔찔이도 터벅터벅 걸음을 옮기기 시작했다. 뿌연 먼지가 걷히고 나자 언덕 위엔 푸른 창공과 제플린과 우리 둘만이 남아 있었다. 서서히 제플린도 움직이고 있었다. 신고……하는 거 아닐까. 점(點)점, 이마에 빨간

멍이 든 채 제이슨 형이 중얼거렸다.

『내일을 여는 작가』, 2006년 겨울호

제플린은 중소도시의 대형마트에서 광고를 하기 위해 임대한 비행선입니다. 가스를 채우면 길이 15미터로 늘어나서 하늘 높이 두둥실 떠오르게 되어 있지요. 그런데 시험가동중에 지상과 연결되어 있던 로프가 풀리는 바람에 끈 떨어진 연처럼 멀리멀리 날아가게 되고 자동차로 추격이 시작됩니다.

장난 같기도 하고 장난이 아닌 것 같기도 하지요. 아이들의 장난감총이 장난감이지만 맞아보면 장난이 아니게 아프듯. 그것도 자꾸 맞으면 감응이 없어지듯. 슬프고 힘들고 끝나면 허무한, 장난 아닌 장난 같은 세계 속에서 우리는 살아가고 있습니다.

겨울의 기인들

빠블로 네루다

부에노스아이레스에서도 기인을 만났다. 아르헨티나 작가로 이름은 오마르 비뇰레였다. (…) 비뇰레는 아르헨티나 어떤 지방에서 농촌 지도사로 일한 적이 있는데 그곳에서 소 한 마리를 데려와 절친한 친구로 삼았다. 이 소를 끌고 부에노스아이레스 곳곳을 돌아다녔다. 그 무렵 출판했던 책도 『소의 생각』『소와 나』 등 암시적인 제목을 붙였다. 부에노스아이레스에서 처음으로 국제펜클럽대회가 개최되었을 때 빅토리아 오캄포 진영의 작가들은 비뇰레가 소를 끌고 대회장에 나타날까봐 전전긍긍했다. 이들은 당국에 이 사실을 통보하고 협조를 구했고, 경찰은 플라자 호텔 주변 도로를 차단했다. 이 기인이 소를 데리고 대회가 열리는 초호화 호텔에 들어가지 못하도록 제지하려는 속셈이었다. 그러나 헛수고였다. 대회가 한창 진행되고 있었다. 참석자들이 그리스 고전 세계와 역사의 현대적 의미에 대해 진지하게 토론하고 있을 때, 비뇰레가 소를 몰고 회의장에 나타났다. 엎친 데 덮친 격으로 소는 토론에 참여하고 싶다는 듯이 음매음매 울기 시작했다. 비뇰레가 덮개가 있는 화물차에 소를 싣고 경찰의 감시를 피해 도심으로 진입했던 것이다.

비뇰레 얘기를 하나 더 하겠다. 한번은 그가 프로레슬링 선수에게 도전장을 냈다. (…) 시합 날 저녁 루나 공원에는 입추의 여지없이 관중들이 들어찼다. 비뇰레는 소를 데리고 정시에 등장하여 링 한구석에 소를 묶어두고 화려한 가운을 벗어던졌다. 그리고 '캘커타의 도살꾼'이라는 프로레슬링 선수와 맞섰다.

그러나 이번에는 소도 화려한 의상도 소용이 없었다. '캘커타의 도살꾼'은 비뇰레에게 달려들더니 대번에 납작코를 만들어버렸다. 게다가 링에 쓰러진 비뇰레의 목을 짓밟았다. 건방지게 굴지 말라는 뜻이었다. 시합을 좀더 오래 보고 싶은 관중들은 엄청난 야유를 퍼부었다.

몇달 후, 새 책이 출판되었다. 제목은 『소와 나눈 대화』였다. 그 책 첫 페이지는 결코 잊을 수 없는 독특한 헌사가 수록되어 있었다. 내 기억에 따르면 이런 헌사였다. "이 철학서를 2월 24일 밤 루나 공원에서 나에게 야유를 퍼붓고, 또 나를 죽이라고 고함치던 4만명의 개자식들에게 바친다."

빠블로 네루다 자서전 『사랑하고 노래하고 투쟁하다』, 박병규 옮김, 민음사 2008

빠블로 네루다의 시를 읽기 전, 저는 서울 신림동의 헌책방에서 네루다의 자서전을 우연히 발견했습니다. 미완으로 끝난 그 자서전을 덮으면서 저는 이 시인이 제 인생에서 아궁이와 등대 속의 불꽃과 같은 존재가 될 것임을 예감했습니다. 시인으로서가 아니라 인간으로서, 타고난 낙천성을 밑천으로 누구보다 치열하게 살면서 곳곳에 이야기를 만들어 뿌리고 또한 이야기를 건져올리는 방랑자로서.

그의 시는 더없이 매혹적이지만 저는 자서전의 저자로서 빠블로 네루다를 더욱 좋아하고 존경합니다. 그 존경의 근원이 제게 소설을 쓰게 만들었는지도 모르겠습니다. 이 위대한 이야기꾼의 솜씨를 살짝 맛보십시오.

소설가 구보씨의 일일

박태원

구보는 무표정한 얼굴로 약간 끄떡하여 보이고 즉시 고개를 돌렸다. 그러나 그 사내가 또 한번, 역시 큰 소리로, 이리 좀 안 오시료, 하고 말하였을 때, 구보는 게으르게나마 자리에서 일어나, 그의 탁자로 가는 수밖에 없었다. 이리 좀 앉으시요. 참, 최군. 인사하지. 소설가 구포씨.

이 사내는, 어인 까닭인지 구보를 반드시 '구포'라고 발음하였다. 그는 맥주병을 들어보고, 아이 쪽을 향하여 더 가져오라고 소리치고, 다시 구보를 보고, 그래 요새도 많이 쓰시우. 무어 별로 쓰는 것 '없습니다.' 구보는 자기가 이러한 사내와 접촉을 가지게 된 것에 지극한 불쾌를 느끼며, 경어를 사용하는 것으로 그와 사이에 간격을 두기로 하였다. 그러나 이 딱한 사내는 도리어 그것에서 일종 득의감을 맛볼 수 있었는지도 모른다. (…) 그는 구보에게 술을 따라 권하고, 내 참 구포씨 작품을 애독하지. 그리고 그러한 말을 하였음에도 불구하고 구보가 아무런 감동도 갖지 않는 듯싶은 것을 눈치채자, 사실, 내 또 만나는 사람마다 보구,

"구포씨를 선전하지요."

그러한 말을 하고는 혼자 허허 웃었다. (…) 참 구보 선생, 하고 최군이라고 불린 사내도 말참견을 하여, 자기가 독견(獨鵑)의『승방비곡(僧房悲曲)』과 윤백남(尹白南)의『대도전(大盜傳)』을 걸작이라 여기고 있는 것에 구보의 동의를 구하였다. 그리고, 이 어느 화재보험회사의 권유원인지도 알 수 없는 사내는, 가장 영리하게,

"구보 선생님의 작품은 따로 치구……"

그러한 말을 덧붙였다. 구보가 간신히 그것들이 좋은 작품이라 말하였을 때, 최군은 또 용기를 얻어, 참 조선서 원고료는 얼마나 됩니까. 구보는 이 사내가 원호료라 발음하지 않는 것에 경의를 표하였으나 물론 그는 이러한 종류의 사내에게 조선작가의 생활 정도를 알려주어야 할 아무런 의무도 갖지 않는다.

그래, 구보는 혹은 상대자가 모멸을 느낄지도 모를 것을 알면서도, 불쑥, 자기는 이제까지 고료라는 것을 받아본 일이 없어. 그러한 것은 조금도 모른다 말하고, 마침 문을 들어서는 벗을 보자 그만 실례합니다. 그리고 그들이 무어라 말할 수 있기 전에 제자리로 돌아와 노트와 단장을 집어들고, 마악 자리에 앉으려는 벗에게, "나갑시다. 다른 데로 갑시다."

밖에, 여름밤, 가벼운 바람이 상쾌하다.

『20세기 한국소설』 6권, 창비 2005

1934년 8월 1일에서 9월 19일까지 『조선중앙일보』
에 연재된 소설입니다. 1970년대쯤에 가져다놓아도, 2000년대에 가
져다놓아도 그다지 어색하지 않을 모습입니다.

소설가들의 이름을 틀리게 부르는 사람은 의외로 많습니다. 읽지
않고 읽었다고 말하는 사람은 더 많지요. 작품을 좋아한다는 사람은
더더욱 많고요. 물론 이런 추정에 객관적인 근거는 없습니다. 제 개
인적인 경험에 지나지 않습니다.

'구포씨'도 개인적으로 어려움을 겪고 있는 중이군요. 곤경에서
벗어나 상쾌한 밤으로 나아가는 길에 동행하고 싶습니다.

겨울밤

이병주

이런 말을 해서 격에 맞을 만큼 이씨는 엄격한 경찰관이기도 했다. C시의 경찰서장으로 있을 때의 일이다. 이씨의 동생이 경찰양성소를 졸업하고 C시의 경찰서로 보직되어 왔다. 그 인사를 하러 서장실에 들어가서 형인 서장의 책상 앞에 비스듬히 서며 "형님 저도 이 경찰서에 근무하게 되었습니다" 했다. 그랬더니 이서장은 벨을 울려 경무계장을 부르곤 자기 동생을 가리키며 "아직 이 순경은 상관에게 신고할 줄도 모르는 놈이다. 정문의 보초로 석 달 동안 세워 재훈련시키도록 하라"고 고함을 질렀다는 일화가 있다.

그런가 하면 이씨는 유머의 폭도 있는 사람이기도 했다. 6·25 당시 C시엔 야간통행금지가 엄했다. 술 마시기를 좋아하고 놀기 좋아한 우리들은 번번이 시간을 어겨 경찰에 끌려가곤 했다. 그때마다 일행 중의 한 사람이 야간근무를 하고 있는 서장실에 빠져들어가서 구원을 청하면 그는 똥을 찍어 먹는 곰처럼 얼굴을 찌푸리고 우리가 억류되어 있는 방으로 와선 관계 경찰관을 보고 고함을 질렀다.

"저기 있는 무리들은 사람이 아니다. 토끼나 노루와 다름없는 동물이다. 야간통행금지는 사람에게 대한 금지다. 저 동물들은 풀어줘라."

개나 돼지나 다름없는 동물이라고 할 수도 있었을 것을 토끼나 노루를 들먹여 대신했다는 점에 당시의 우리들은 철이 없었으면서도 이서장의 인간을 보았던 것이다.

『20세기 한국소설』 21권, 창비 2005

한두 가지 일화를 통해 한 사람의 생김새나 그릇을 판단하던 시절이 있었습니다. 이 이야기는 그때 흔했을 소화(笑話)입니다.

한 존재의 정체성을 다른 걸로 바꾸는 과정이 재미있는 건 전형적인 패턴을 벗어날 때입니다. 신임 순경을 보초로, 개 돼지를 토끼나 노루로 바꾸는 것처럼 말이지요. 그런 것도 하나의 재능이겠습니다. 대서특필할 만한 건 아니라고 해도 기록하고 전할 만한 의미는 있는.

이 이야기의 주인공인 경찰서장은 이승만 독재정권의 하수인 노릇을 하다가 감옥에 갇히게 됩니다. 그리고 보니 이승만 대통령과 관련된 저 유명한 어록 "각하, 시원하시겠습니다"가 생각나는군요. 역시 대서특필할 건 아니지만 어쩐지 오래도록 유전해 내려오는, 앞으로도 상당기간 내려갈 아첨의 전범 같은 수사지요.

삼도노인회 제주여행기

한창훈

여행사에서 정해준 저녁 식당은 자리돔 구이집이었습니다. 자리돔 구이야 삼도에서도 시시때때 안 먹고 지나가면 서운한 것이죠. 화덕에 굵은소금 뿌린 자리돔이 놓였는데 너무 잘 아는 게 탈인 경우가 왕왕 있잖습니까. 노인회 부회장이 말했습니다.

"근디 어째 이상하다. 이것 비늘 안 벗긴 것 같네."

그러자, 그때까지 건성으로 보다 말다 하고 있던 이들도 각자 젓가락 들고 건드려보았죠.

"오메, 진짜네."

"이것도 그러네이. 이것도 그러고."

부회장은 종업원을 불렀죠.

"이봐, 아가씨. 이 재리(자리돔을 삼도에서 부르는 말입니다)가 좀 이상하구만. 비늘이 그대로네."

바쁜 와중에 불려나온 종업원은 그래서 어쨌냐는 얼굴을 했습니다.

"예, 비늘 안 벗겼어요."

"아 글쎄, 비늘이 안 벗겨졌다고."

"맞아요. 안 벗겼어요."

"나 말이 그 말이여. 왜 안 벗겼냐고."

"원래 안 벗겨요."

"허 참. 그래서 어떻게 묵어?"

"익으면요, 이렇게 껍데기를 한꺼번에 벗겨내고 드시면 돼요."

"껍데기는 또 왜 벗겨?"

"껍데기를 벗겨야 드시죠."

(…)

"저희집은 내내 그렇게 했어요. 그러니 조금 있다가 껍데기를 통째로 벗긴 다음 드세요. 이젠 됐죠?"

"되기는."

부회장은 도저히 용서할 수 없다는 얼굴을 했습니다.

"생선맛 통 모르는구만. 껍데기가 얼마나 맛있는디. 이렇게 간을 하믄 간도 잘 안 배고 껍데기도 못 먹잖어."

"껍데기를 왜 먹어요? 살 드시면 됐지."

"이 처자가 외국에서 살다 왔나. 왜 말귀를 못 알아들어? 고긴 말이여, 간 밴 껍데기가 진미여."

일행은 고개를 끄덕였습니다.

"살이 맛있죠. 껍데기가 뭐가 맛있어요."

종업원도 지지 않습니다. 부회장은 말을 이었습니다.

“어이, 아가씨. 만약에 아가씨가 어떤 남자랑 연애를 한다고 해.”

“제가 왜 어떤 남자랑 연애를 해요?”

“그런다고 치자 이 말이여.”

“치기는 뭘 쳐요. 나 참 기가 차서.”

그는 내처 이어나갔습니다.

“들어보라니께. 아가씨가 어떤 남자랑 연애를 하는 데 있어서 말이여, 서로 상대방의 간뎅이나 창자나 속뼈따구가 이뻐서 사랑하겠어? 다 껍데기가 좋아서 사랑하는 거여.”

“도대체 무슨 말씀이세요, 영감님.”

“지금 말이 하는 말이여. 서로가 좋아서 쓰다듬고 입술로 빨고 하는 것도 다 껍데기지 살이 아니다 이 말이여.”

“영감님, 지금 저한테 성희롱하는 거예요. 신고합니다.”

역만은 순간 그 무엇에 뒤통수를 한대 얻어맞는 기분이었습니다. 성희롱. 얼마나 무서운 단어입니까. 부회장과 함께 경찰서에 앉아 있는 장면이 파노라마처럼 눈앞에 지나갔죠. 그는 몸을 날려 두 사람 사이에 끼어들었습니다.

“뭔 소리여? 신고라니. 신고라니.”

“연애니, 입술로 빠니, 다 성희롱이에요.”

“아니여. 난 다만 껍데기 무시하지 마란 말을 알아듣기 쉽게 한 것이여. 젊은것이 사람 무시하고 있어.”

부회장은 부아를 버럭 냈습니다. 말인즉슨 맞는데 비유가 오해받기 딱 좋았죠. 부회장은 부회장대로, 종업원 아가씨는 아가씨대로 얼굴이 붉으락푸르락했죠. 당장이라도 전화 걸 듯이 노려보는 종업원에게 역만은 허리 굽혀 사과하고 또 사과했습니다.

『나는 여기가 좋다』, 문학동네 2009

사실 마음이니 내면이 중요하다고 하지만 껍데기에 절대적으로 가치를 부여한 지 오래인 게 우리의 현실입니다. 사방에서 '껍데기산업'이 번창하고 있습니다. 껍데기를 째고 찢고 올려붙이고 꿰매고 깎고, 빛을 쪼이고 점을 빼고 주름을 제거하고 향수를 뿌리고 동물성, 식물성, 기능성, 한방, 산삼 성분 화장품을 바르고(80년대 군대에서 휴가 때 신고 나갈 군화도 아닌데 '물광'을 낸다지 않나)…… 때로 남의 껍데기를 먹고(저는 돼지껍데기만 먹어보았지만 찰리 채플린의 영화 「황금광시대」에는 쇠가죽으로 만든 구두를 삶아먹는 장면이 나온다고도 하네요)!

그리하여 껍데기와 그 뒤쪽, 안과 밖의 차이가 나날이 커져 표리부동, 겉 다르고 속 다르게 된 존재는 우리 인간뿐인가 합니다.

놀부 심술보

작가미상

이 놀부의 심술을 보면 다른 사람은 오장육부지만 놀부는 오장 칠부였다. 어찌하여 그러한가 하니 큰 장기주머니만한 심술보 하나가 곁간 옆에 붙어서 심술보가 한번만 뒤집히면 심사를 피우는데 썩 야단스럽게 피웠다.

술 잘 먹고 욕 잘하고 게으르고 싸움 잘하고 초상난 데 춤추기, 불난 집에 부채질하기, 해산한 집에 개 잡기, 장에 가면 억지흥정, 우는 아이 똥 먹이기, 무죄한 놈 뺨치기와 빚값에 계집 빼앗기, 늙은 영감 덜미 잡기, 아이 밴 아낙네 배 차기, 우물 밑에 똥 누기, 올벼 논에 물 터놓기, 잦힌 밥에 흙 퍼붓기, 패는 곡식 이삭 빼기, 논두렁에 구멍 뚫기, 애호박에 말뚝 박기, 곱사등이 엎어놓고 밟아주기, 똥 누는 놈 주저앉히기, 앉은뱅이 턱살 치기, 옹기장사 작대 치기, 면례하는 데 뼈 감추기, 잠자는 내외에게 소리지르기, 수절 과부 겁탈하기, 통혼에 방해하기, 만경창파에 배밑 뚫기, 목욕하는 데 흙 뿌리기, 담 붙은 놈 코침 주기, 눈 앓는 놈 고춧가루 넣기, 이 앓는 놈 뺨치기, 어린아이 꼬집기, 다된 흥정 깨

놓기, 중놈 보면 대테 메기, 남의 제사에 닭 울리기, 한길에 구멍
파기, 비 오는 날 장독 열기라.

『홍부전·심청전』, 하서출판사 2004

심술을 부리는 법이 지금과는 차이가 있군요. 지금은 '옹기장사 작대 치기'는 시도해보려고 해도(어떤 판소리 대본에는 "옹기 짐 받쳐놓으면 가만 가만 가만 가만 가만 가만 가만히 찾아가서 작대기 걷어차기"로 자세히 되어 있습니다만) 옹기를 지게에 얹어다니는 장수를 볼 수가 없으니까요. 어찌됐든 심술이 그 시대를 담는 살아 있는 액자 가운데 하나라는 건 알겠습니다. 그것도 아주 흥미로운 것으로.

어찌 보면 놀부 심술은 귀여운 데가 있는데 그게 흘러간 것이고 이야기 속에 있어 멀게 느껴져서 그럴까요. 참고하기 위해 읽던 판소리 대본에서 '물통 이고 오는 부인 귀 잡고 입 맞추기'에서는 아련한 향수마저 느꼈습니다. 물론 '물통을 이고 오는 부인'까지만.

원자 마티니 1

심연섭

칵테일 종류가 하늘의 별만큼이나 많다고 하지만, 일반 주객들이 일상적으로 마시는 것을 따져보면 열 손가락을 넘지 않는다. 그 베스트 텐 가운데 1위는 아니더라도 언제나 상위권에 드는 것이 마티니다. 알코올 함량 42%의 진에다 포도주를 바탕으로 초근목피의 약미(藥味)를 가한 20도가량의 베르무트(Vermouth) 약간을 섞어 셰이크한 다음, 올리브 열매 하나 또는 레몬 껍질 한가닥을 넣은 것 말이다. 점심, 저녁을 가리지 않고 식사 전에 입맛을 돋우는 아페리티프(Aperitif)로, 마티니 한두 잔을 들지 않는 미국 사람은 금주주의(禁酒主義)의 맹신자로 보아도 무방할 만큼 이 칵테일은 아주 보편적인 술이다.

이 술을 주문할 때 보면, 마시는 사람이 프로인지 아마추어인지 바로 구별할 수 있다. 노련하고 가락이 있는 바텐더라면 그것을 주문한 손님에게 이렇게 반문하게 마련이다.

"How do you like it?"

이 질문을 "왜 그것을 좋아하세요?"라고 알아들어 "I like it"이라고 대답하는 사람은 주객의 자격이 없는 사람이다. 진과 베르무트의 비율을 어떻게 해서 마시겠느냐는 질문에, "그냥 보통으로!"라고 대답하는 사람은 주객이기는 하나 풋내기이므로 바텐더로부터 존경받을 생각일랑 말아야 할 것이다. "Make it dry!"라고 명한 다음, 한참 뜸을 들였다가 엄숙한 목소리로 "엑스트라 드라이!"라도 한마디 덧붙이면, 바텐더도 회심의 미소를 지으면서 "Yes, Sir!"라고 화답할 것이다.

바텐더도 프로가 왔다는 것을 그 주문 한마디로 알아차리는 것이다. 보통 아마추어들의 마티니는 진과 베르무트의 비율이 3대 1 정도다. 프로의 경지에 접근할수록 5대 1, 10대 1, 100대 1로 변하게 마련이다. "엑스트라 드라이"라고 하면 100대 1 정도라고 할 수 있다.

(…)

그럴 바에야 베르무트를 한방울도 섞지 말고 진만 알몸으로 마시면 되지 않느냐고 반문할지도 모르지만, 그건 천만의 말씀이다. 신사의 체면이 없어도 유분수지, 어찌 벌거숭이 마티니(Naked Martini)를 마실 수 있겠는가.

이 세상에서 가장 외로운 섬이라는 맨해튼의 어느 바에서 외국인 기자 몇명과 어울렸을 때의 일이다. 어떻게 하면 가장 드라이한 마티니를 만들 수 있겠느냐는 것이 화제에 올랐다. 한 친구가 입을 열었다.

"옛날 만년필에 잉크를 넣었던 스포이트 생각나나?"

"그 스포이트로 베르무트 한방울을 떨어뜨리니까 마티니 맛이 되더군."

"그것보다는 주사기가 낫지. 가장 가느다란 바늘인 25호 정도면 베르무트 방울을 훨씬 작게 만들 수 있지."

또 한 친구의 이 비법에 다른 친구가 이의를 제기했다.

"아내가 향수 뿌리는 분무기 알지? 그걸 빌리는 거야."

이번에는 듣고만 있던 바텐더가 한마디 거들었다.

라스베이거스의 어떤 바에 가면 원자(原字) 마티니를 마실 수 있다는 것이다. 원자폭탄 과학자 중에 마티니 애호가가 있어서 네바다 사막에서 폭발시험을 할 때 그 폭탄 속에다 베르무트 한방울을 주입해두었다는 것이다. 원자탄이 폭발할 때, 그 한방울이 같이 폭발하면서 대기 중에 퍼진다. 그래서 마티니 만들 때 셰이커 뚜껑을 열고 창밖으로 1초 동안 노출시키면 대기 중에 떠돌아다니는 베르무트의 기가 내려앉는다는 설명이었다. 이름하여, 그것이 바로 "원자 마티니".

『건배』, 중앙M&B 2006

심연섭 선생의 글을 읽은 것은 1982년, 군인 신분으로 휴가를 나왔다 헌책방에서 산 『술, 멋, 맛—주유만방기』라는 책을 통해서였습니다. 처음에는 군대 동료들에게 잡학을 자랑하려고 책을 샀습니다만 읽어보고서는 혼자만 읽기에는 너무 재미있어서 책을 빌려주게 되었습니다. 그러다가 결국 돌려받지 못하고 말았는데, 헌책방에서 산 책이었던 까닭에 다시 구하기도 어려웠습니다. 근래에 다시 이 책이 출간되었다기에 반가운 마음에 사보고는 그중에서도 군대에서 가장 인기가 있던 내용을 골라보았습니다. 사실은 이 이야기 말고 다음 이야기가 더 재미있습니다. 제목은 「원자 마티니 2」인데, 원래 제목은 「又 원자탄 마티니」였던 것 같습니다.

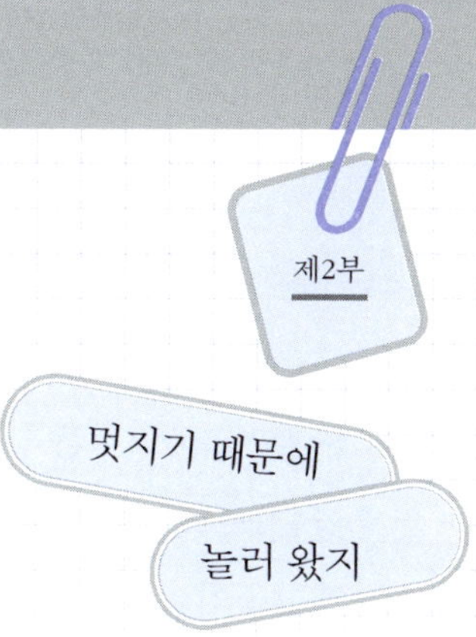
제2부

멋지기 때문에

놀러 왔지

춘향전

작가미상

이때는 오월 단옷날이렷다. 일년 중 가장 아름다운 시절이라. 이때 월매 딸 춘향이도 또한 시서음률(詩書音律)이 능통하니 천중절을 모를쏘냐. 추천을 하려고 향단이 앞세우고 내려올 제, 난초같이 고운 머리 두 귀를 눌러 곱게 땋아 봉황 새긴 비녀를 단정히 매었구나. 비단치마를 두른 허리는 힘없이 드리운 가는 버들같이 아름답다. 고운 태도 아장 걸어 흐늘 걸어 가만가만 나올 적에, 장림(長林) 속으로 들어가니 녹음방초 우거져 금잔디 좌르르 깔린 곳에 황금 같은 꾀꼬리는 쌍쌍이 날아든다. 버드나무 높은 곳에서 그네 타려 할 때, 좋은 비단 초록 장옷, 남색 명주홑치마 훨훨 벗어 걸어두고, 자주색 비단꽃신을 썩썩 벗어던져두고, 흰 비단 새 속옷 턱밑에 훨씬 추커올리고, 삼껍질 그넷줄을 섬섬옥수 넌지시 들어 두 손에 갈라잡고, 흰 비단 버선 두 발길로 훌쩍 올라 발 구른다. 세류(細柳) 같은 예쁜 몸을 단정히 놀리는데 뒷단장은 옥(玉)비녀에 은죽절이요 앞치레 볼 것 같으면 밀화장도(蜜花粧刀), 옥장도(玉粧刀)며, 비단 겹저고리, 제색 고름이 모양이 난다.

"향단아, 밀어라."

한번 굴러 힘을 주며 두 번 굴러 힘을 주니 발밑에 작은 티끌 바람 쫓아 펄펄. 앞뒤 점점 멀어가니 머리 위의 나뭇잎은 몸을 따라 흔들흔들. 오고 갈 제 살펴보니 녹음 속의 붉은 치맛자락 바람결에 내비치니, 높고 넓은 흰 구름 사이에 번갯불이 쏘는 듯 잠깐 사이에 앞뒤가 바뀌는구나. 앞으로 어른거리는 모습은 제비가 가볍게 날아 떨어지는 도화(桃花) 한점 찾으려 쫓는 듯, 뒤로 번듯하는 모습은 광풍에 놀란 나비 짝을 잃고 가다가 돌이키는 듯, 무산(巫山)의 선녀 구름 타고 양대(陽臺) 위에 내리는 듯 나뭇잎도 물어보고 꽃도 질끈 꺾어 머리에다 실근실근.

"이애, 향단아. 그네 바람이 독하기로 정신이 아찔하다. 그넷줄 붙들어라."

붙들려고 무수히 진퇴하며 한참 노닐 적에 시냇가 반석(磐石) 위에 옥비녀 떨어져 쟁쟁하고, '비녀, 비녀' 하는 소리는 산호채를 들어 옥그릇을 깨뜨리는 듯. 그 형용은 세상 인물 아니로다.

『춘향전』, 송성욱 풀어 옮김, 민음사 2004

소풍을 가십시오. 일년 중 가장 아름다운 시절, 고운 태도 아장 걸어 소풍을 가십시오. 거추장스러운 옷 훨훨 벗어 걸어두고 답답한 구두 벗어던지고 바람 따라 흔들흔들, 실근실근 해보십시오. 풀잎도 입에 물어보고 꽃향기에 온 인생의 몇초라도 맡겨보고 세상 인물 아닌 것 같은 사람, 그 주인공이 돼보십시오. 다시 오지 않을 이 좋은 날 훌쩍 소풍을 나서십시오.

멋지기 때문에 놀러 왔지

이옥

바람이 메말라 까실까실하고 이슬이 깨끗하여 투명한 것이 8월(음력)의 멋진 절기다. 물은 힘차게 운동하고 산은 고요히 머물러 있는 것이 북한산의 멋진 경치다. 개결하고 운치 있으며 순수하고 아름다운 두세 사람이 모두 멋진 선비다. 이런 사람들과 여기에서 노니니, 그 노니는 것이 멋지지 않을 수 있겠는가?

자동을 거친 것도 멋지고, 세검정에 오른 것도 멋지고, 승가사 문루에 오른 것도 멋지고, 문수사 수문에 올라간 것도 멋지고, 대성문에 임하였던 것도 멋졌다. 중흥사 그윽한 골짜기에 들어간 것도 멋지고, 용암봉에 오른 것도 멋지고, 백운산 아래 기슭에 임한 것도 멋졌다.

(…)

정릉동 어구도 멋지고, 동성(東城, 즉 성동) 바깥 평사(平沙)에서 일단의 무리가 말을 내달리는 것을 본 것도 멋졌다. 사흘 만에 다시 도성에 들어와 취렴방(翠帘坊) 저자에 붉은 먼지가 일고 수레와 말이 빈번하게 다니는 것을 보는 것도 멋지다.

아침에도 멋지고 저녁에도 역시 멋지다. 날이 맑아도 멋지고 날이 흐려도 멋지다. 산도 멋지고 물도 멋지다. 단풍도 멋지고 바위도 멋지다. 멀리 조망하여도 멋지고 가까이 다가가 보아도 멋지다. 부처도 멋지고 스님도 멋지다. 비록 좋은 안주는 없어도 탁주라도 멋지다. 절대가인이 없더라도 초동의 노래만으로도 멋지다. 요컨대 그윽해서 멋진 것도 있고, 상쾌하여 멋진 것도 있고, 활달해서 멋진 것도 있고, 아슬아슬하여 멋진 것도 있고, 담박하여 멋진 것도 있고, 알록달록하여 멋진 것도 있다. 시끌시끌하여 멋진 것도 있고, 적막하여 멋진 것도 있다. 어디를 가든 멋지지 않은 것이 없고, 어디를 함께하여도 멋지지 않은 깃이 없다. 멋신 것이 이렇게도 많아라!

이 선생은 말한다. "멋지기 때문에 놀러왔지. 이렇게 멋진 것이 없었다면 이렇게 와보지도 않았을 게야."

『선생, 세상의 그물을 조심하시오』, 심경호 옮김, 태학사 2001

이 글은 '멋지다〔佳〕'라는 글자를 반복적으로 사용하여 노래의 울림을 얻어내고 있습니다. 옛적에 샤먼의 노래가 주술적 효과가 있었듯이 노래는 사람의 마음을 고양시킵니다. 사물과 관계, 느낌에서 좋고 아름다운 것을 좋고 아름답다고 함으로써 더욱 좋고 아름답게 하는 예를 우리는 많이 봅니다. 가령 "더워서 죽겠다!"고 하는 사람이 있는가 하면 "더우니까 정말 여름 같네!" 하는 사람이 있는데 사람들은 매사에 불평이 많은 전자보다는 늘 웃고 있는 후자의 곁에 많이 모이게 마련입니다.

이 글의 지은이인 이옥은 자유로운 정신과 얽매이지 않는 문체로 뛰어난 글을 많이 쓴 천재적인 문사입니다만 그의 삶은 그리 '멋지다'고 할 만하지는 않았습니다. 바로 자신이 쓴 글 때문에 임금으로부터 질책을 받고 벌로 군대생활까지 했으니까요. 그럼에도 그는 세사의 세밀한 곳에 관심을 가지고 반복적으로 열거함으로써 어려움 속에서 즐거움을 만들어냅니다.

에헤라 나는 언제나 즐겁다,고 외워보십시오. 금방 즐거워지는 효과가 있을 겁니다.

해산바가지

박완서

쾌적한 날씨였다. 그런데도 우린 둘 다 달군 프라이팬에 들볶이고 있는 것처럼 안절부절을 못했다. 막걸리를 병째 마시는 그가 조금도 호방해 보이지 않고 조바심만이 더욱 드러나 보이는 걸 나는 쓰라린 마음으로 곁눈질했다.

"라면이라도 하나 끓여달랠까요?"

"당신 시장하오?"

"아뇨, 당신 술안주 하게요."

"안주는 무슨……"

나는 주인을 찾아 가게터 뒤로 돌아갔다. 좀 떨어진 데 초가가 보였다. 초가지붕 위엔 방금 떠오른 보름달처럼 풍만하고 잘생긴 박이 서너 덩이 의젓하게 자리잡고 있었다.

"여보. 저 박 봐요. 해산바가지 했으면 좋겠네."

나는 생뚱한 소리로 환성을 질렀다.

"해산바가지?"

남편이 멍청하게 물었다.

"그래요. 해산바가지요."

실로 오래간만에 기쁨과 평화와 삶에 대한 믿음이 샘물처럼 괴어오는 걸 느꼈다.

내가 첫애를 뱄을 때 시어머님은 해산달을 짚어보고 섣달이구나, 좋을 때다, 곧 해가 길어지면서 기저귀가 잘 마를 테니, 하시더니 그해 가을 일부러 사람을 시켜 시골에 가서 해산바가지를 구해오게 했다.

"잘생기고 여물게 굳고, 정한 데서 자란 햇바가지여야 하네. 첫 손자 첫 국밥 지을 미역 빨고 쌀 씻을 소중한 바가지니까."

이러면서 후한 값까지 미리 쳐주는 것이었다. 그럴 때의 그분은 너무 경건해 보여 나도 덩달아서 아기를 가졌다는 데 대한 경건한 기쁨을 느꼈었다. 이윽고 정말 잘 굳고 잘생기고 정갈한 두 짝의 바가지가 당도했고, 시어머니는 그걸 신령한 물건인 양 선반 위에 고이 모셔놓았다. 또 손수 장에 나가 보얀 젖빛 사발도 한쌍을 사다가 선반에 얹어두었다. 그건 해산사발이라고 했다.

나는 내가 낳은 첫아이가 딸이라는 걸 알자 속으로 약간 켕겼다. 외아들을 둔 시어머니가 흔히 그렇듯이 그분도 아들을 기다렸음직하고 더구나 그분의 남다른 엄숙한 해산 준비는 대를 이을 손자를 위해서나 어울림직했기 때문이다. 그러나 퇴원한 나를 맞아들이는 그분에게서 섭섭한 티 따위는 조금도 찾아볼 수 없었다. 그 잘생긴 해산바가지로 미역 빨고 쌀 씻어 두 개의 해산사발에 밥 따로 국 따로 퍼다가 내 머리맡에 놓더니 정성껏 산모의 건 강과 아기의 명과 복을 비는 것이었다. 그런 그분의 모습이 어찌나 진지하고 아름답던지, 비로소 내가 엄마 됐음에 황홀한 기쁨을 느낄 수가 있었고, 내 아기가 장차 무엇이 될지는 몰라도 착하게 자라리라는 것 하나만은 믿어도 될 것 같은 확신이 생겼다. 대문에 인줄을 걸고 부정을 기(忌)하는 삼칠일 동안이 끝나자 해산바가지는 정결하게 말려서 다시 선반 위로 올라갔다. (…)

다음에도 딸이었고 그다음에도 딸이었다. 네번째 딸을 낳고는 병원에서 밤새도록 울었다. 의사나 간호사까지 나를 동정했고 나는 무엇보다도 시어머니의 그 경건한 의식을 받을 면목이 없어서 눈물이 났다. 그러나 그분은 여전히 희색이 만면했고 경건했다. 다음에 아들을 낳았을 때도 더도 아니고 덜도 아닌 똑같은 영접을 받았을 뿐이었다. 그분은 어디서 배운 바 없이, 또 스스로 노력한 바 없이도 저절로 인간의 생명을 어떻게 대접해야 하는지를 알고 있는 분이었다. 그분이 아직 살아 있지 않은가. 그분의 여생도 거기 합당한 대우를 받아 마땅했다. 나는 하마터면 큰일을 저지를 뻔했다. 그분의 망가진 정신, 노추한 육체만 보았지 한때 얼마나 아름다운 정신이 깃들였었나를 잊고 있었던 것이다. 비록 지금 빈 그릇이 되었다 해도 사이비 기도원 같은 데 맡겨 있지도 않은 마귀를 내쫓게 하는 수모와 학대를 당하게 할 수는 없는 일이었다.

　나는 남편이 막걸리병을 다 비우기도 전에 길을 재촉해 오던 길을 되돌아섰다. 암자 쪽을 등진 남편은 더이상 땀을 흘리지 않았다. 시어머님은 그후에도 삼년을 더 살고 돌아가셨지만 그동안 힘이 덜 들었단 얘기는 아니다. 그분의 망령은 여전히 해괴하고 새록새록해서 감당하기 힘들었지만 나는 효부인 척하는 위선을 떨지 않음으로써 조금은 숨구멍을 만들 수가 있었다.

　(…)

　임종 때의 그분은 주름살까지 말끔히 가서 평화롭고 순결하기가 마치 그분이 이 세상에 갓 태어날 때의 얼굴을 보는 것 같았다. 나는 마치 그분의 그런 고운 얼굴을 내가 만든 양 크나큰 성취감에 도취했었다.

『저녁의 해후』, 문학동네 1999

망령이 난 시어머니를 감당할 수 없어 며느리가 남편과 함께 수용시설을 알아보러 가는 길입니다. 남편이 시골 구멍가게에 들러 막걸리를 마시는 동안 며느리는 초가지붕 위의 박을 발견하고 한량없는 사랑을 베풀고 보잘것없이 늙어버린 한 인간, 그렇지만 누구보다도 인간으로서의 존엄성을 보여준 그 시어머니의 삶을 되새겨봅니다.

우리는 모두 생로병사의 굴레를 벗어날 수 없습니다. 그 굴레를 쓰고서도 아름답게 산 사람들이 있습니다. 멀지 않은 곳에, 어쩌면 바로 곁에. 그 행적이 어떤 휘황찬란한 도구로 이루어지는 게 아니라 바가지 같은 별 것 아닌 물건으로, 아무렇지도 않게 드러납니다.

바가지도 어쩌면 우리에게 아주 가까운 곳에 있을 겁니다. 천연으로든, 아니면 젖빛 사발처럼 인공으로든.

백범일지

김구

나중에 밥상을 받은 나는 네댓 숟갈로 한 그릇 밥을 다 먹어치웠다. 일어서서 주인을 부르니 골격이 준수하고 나이 약 37, 8세나 되었음직한 사람이 문 앞에 와서 물었다.

"어느 손님이 불렀소?"

나는 주인을 보고 말했다.

"내가 좀 청했소이다. 다름 아니라 내가 오늘 7백여 리나 되는 산길을 걸어서 넘어가야 하는데, 아침을 더 먹고 가야겠으니 밥 일곱 상(7인분)만 더 차려다주시오."

주인은 아무 대답 없이 나를 보기만 하더니, 내 말에는 대답도 아니하고 방 안에서 아직 밥을 먹고 있는 다른 손님들을 보고서 이렇게 말했다.

"젊은 사람이 불쌍도 하다. 미친놈이군."

이 말 한마디를 하고는 안방으로 들어가버렸다. 나는 한컨에 드러누워서 방 안 사람들의 평판과 분위기를 보면서 왜놈의 동정을 살펴보았다. 방 안에서는 두 갈래 논쟁이 일어나기 시작했다.

그중 유식하게 보이는 청년들은 주인의 말과 같이 나를 미친 사람이라 했고, 식후제일미로 긴 담뱃대를 붙여물고 앉은 노인들은 이 청년들을 나무라며 말했다.

"여보게. 말을 함부로 말게. 지금인들 이인(異人)이 없으란 법 있겠나? 이런 말세에는 마땅히 이인이 나는 법일세."

청년들은 대번에 그 말을 받아 대꾸했다.

"이인이 없을 리 없겠지만, 저 사람 생긴 꼴을 보세요. 무슨 이인이 저렇겠어요?"

그 왜놈은 별로 주의하는 빛도 없이 식사를 마치고 중문 밖에 서서 문기둥을 의지하고 방 안을 들여다보며 총각아이가 밥값 계산하는 것을 지켜보고 있었다.

나는 서서히 몸을 일으켜 크게 호령하며 그 왜놈을 발길로 차서 거의 한길이나 되는 계단 밑으로 떨어뜨렸다. 그러고는 바로 쫓아내려가서 놈의 목을 힘껏 밟았다.

(…)

나는 몰려나오는 사람들을 향하여 간단하게 한마디로 선언하였다.

"누구든지 이 왜놈을 위해 내게 달려드는 자는 모두 죽이고 말리라."

(…)

나는 손으로 왜놈의 피를 움켜 마시고, 그 피를 얼굴에 바르고,

피가 떨어지는 칼을 들고 방 안으로 들어가 호통을 쳤다.

(…)

노인들은 겁이 나서 벌벌 떨면서도 아까 청년들을 책망하며 나를 편들어준 일로 떳떳이 가슴을 내밀고 말했다.

"장군님, 아직 지각이 없는 청년들을 용서하십시오."

이러는 가운데, 주인 이화보(李和甫)가 왔다. 그는 감히 방 안에 들어오지도 못하고 방 바깥에 엎드려서 빌었다.

"소인이 눈은 있지만 눈동자가 없어〔有目無珠〕 장군님을 멸시하였으니, 그 죄 죽어도 여한은 없습니다. 그러나 저 왜놈에게는 다만 밥 팔아먹은 죄밖에 없습니다. 아까 장군님을 능욕하였으니 죽어도 마땅합니다."

(…)

이와 같이 문답하는 가운데, 눈치 빠른 이화보는 일변 세면도구를 들여오고, 그런 다음 밥 일곱 그릇을 한상에 놓고, 다른 한 상에는 반찬을 차려 들여놓고서 먹기를 청하였다. 나는 얼굴을 씻고 밥을 먹게 되었다.

밥 한 그릇을 먹은 지 십분 정도밖에 안되었으나, 과격한 행동을 한 뒤라서 한두 그릇쯤은 더 먹을 수 있었다. 그러나 일곱 그릇까지 먹는다는 것은 무리였다. 그래도 애시당초 일곱 그릇을 요구한 것이 거짓말로 알려져서는 재미없는 일이라 큰 양푼 한개를 청하여 밥과 반찬을 한군데에다 붓고 숟가락 한개를 더 청하었다. 숟가락 두 개를 포개들고서 밥 한덩이가 사발통만큼씩 되게 밥을 떠먹었다. 곁에서 보는 사람 생각으로는 몇번만 더 뜨면 그 밥을 다 먹겠구나 하도록 보기 좋게 한 두어 그릇 분량을 먹다가 숟갈을 건지고 혼잣말로 중얼거렸다.

"오늘은 먹고 싶던 원수의 피를 많이 먹었더니 밥이 들어가지를 않는다."

식사를 마치고 일의 조처에 착수했다.

『백범일지』, 도진순 주해, 돌베개 1997

　　1896년, 스물한살 된 청년 김창수는 황해도 안악군 치하포에서 일본 육군 중위 쯔찌다(土田讓亮)를 단신으로 처단합니다. 일본인들이 국모 명성왕후를 시해한 원수를 갚기 위해서 한 행동임을 밝히고 자신이 사는 곳까지 써서 길가에 붙이게 하지요. 독립운동가요 민족지도자인 백범의 청년기다운 모습입니다.

　그런데 가만히 살펴보면 백범은 충동적으로 손쉽게 마음먹은 것을 행동으로 옮긴 게 아닙니다. 연극적 재능과 관찰력을 총동원하여 거사를 성취하는 과정을 보여주고 있습니다. 번민과 망설임이 있었던 것을 숨기지 않습니다. 이야기 속의 영웅과 현실의 영웅이 다른 점이 바로 이런 게 아닐까요.

벼가 햅쌀이 되기까지

한승오

일생을 논에서만 살아온 벼에게는 논 밖이 낯설다. 햇빛도, 달빛도, 바람도 논 안에서 받던 것과는 사뭇 다르다. 사람의 발걸음도, 목소리도, 손길도 논 안에서 느끼던 것과는 딴판이다. 쌀로 거듭나려는 벼는 막 탯줄을 끊은 어린아이처럼 지독한 낯섦을 마주하여 스스로를 단련한다.

시골 아스팔트길 위에 길게 깔린 시커먼 망에 벼가 자리를 잡는다. 아스팔트 바닥은 논과 달리 딱딱하다. 농사꾼의 고무래질을 따라 그 딱딱한 바닥을 구르며 벼는 몸을 안으로 안으로 움츠린다. 막 논에서 나온 무른 벼는 딱딱한 땅 위에서 그 몸을 더욱 단단하게 한다.

푸르디푸른 가을하늘에서 내려오는 햇살은 벼에게 무척 따갑다. 그 햇살 하나하나가 광선이 되어 벼의 몸에 사정없이 내리쬔다. 벼 껍질 속 여린 피부는 그 햇살을 받아 누렇게 그슬린다.

선선한 가을바람은 벼를 두드린다. 논 안에서 한껏 물을 먹었던 벼는 메마른 가을바람 앞에 그 물을 내뱉는다. 한줄기 바람이

지날 때마다 벼는 쓸데없는 몸속 물을 그 바람에 실려보낸다. 가을바람 속에서 벼는 몸을 가다듬는다.

(…)

작은 지도에는 나오지도 않는 시골 아스팔트길. 경운기가 지나며 벼를 밟는다. 자전거가 지나며 벼를 밟는다. 아이들이 뛰어다니며 벼를 밟는다. 벼는 이리저리 밟히면서 자기 몸을 추스른다.

가을바람에 길 위를 뒹구는 낙엽이 벼와 섞인다. 노란 은행잎과 누런 플라타너스잎이 낙엽이 되어 벼 위에 떨어진다. 벼는 깊어가는 가을과 함께 점점 더 깊게 말라간다.

밤이 오면 달빛 속에서 잠시 숨을 고르고 차가운 서리와 함께 아침이 오면 다시금 몸을 가다듬기를 사흘 정도를 하면, 이제 벼는 더이상 벼가 아니다. 그때 벼는 두꺼운 껍질을 벗고 하얗고 투명한 햅쌀이 된다.

(…)

논 밖으로 나온 벼가 햅쌀로 거듭나는 여정은 이렇듯 길고 고단하다. 그 여정을 함께하는 농사꾼도 고달프기는 마찬가지다. 그래서 요즘은 건조기계로 벼를 말리는 경우가 많다. 그러면 힘도 덜 들고 시간도 몇시간밖에 걸리지 않는다. 하지만 기계로 말린 쌀 속에서는 햇살도, 바람도, 사람도 없다. 그 쌀 속에는 가을이 없다.

길 위의 벼는 햇살을 먹고 바람을 먹고 사람을 먹는다. 길 위의

벼는 온전히 가을을 먹는다. 그렇게 거듭난 햅쌀은 깊은 가을 맛
을 낸다.

『몸살―한승오 농사일기』, 강 2007

논은 벼를 낳습니다. 벼는 쌀이 됩니다. 쌀은 밥이 되어 우리의 몸을 살찌우지요. 그 과정에서 단 며칠, 벼에서 쌀이 되는 사나흘의 시간 속에 이만한 역사가 있습니다. 어디에도 기록되지 않았던 역사지요.

어떤 존재든 길고 고단한 여정을 거친 뒤에 깊은 맛을 품게 됩니다. 여정이 삶이라면, 삶의 맛이 배는 것이겠습니다. 이 가을에 햅쌀밥, 맛있게 드십시오.

별

황순원

누이는 시내 어떤 실업가의 막내아들이라는 작달막한 키에 얼굴이 검푸른, 누이의 한반 동무의 오빠라는 청년과는 비슷도 안한 남자와 아무 불평 없이 혼약을 맺었다. 그러고 나서 얼마 안되어 결혼하는 날, 누이는 가마 앞에서 의붓어머니의 팔을 붙잡고는 무던히나 슬프게 울었다. 아이는 골목에 몸을 숨기고 있었다. 누이는 동네 아낙네들이 떼어놓는 대로 가마에 오르기 전에 젖은 얼굴을 들었다. 자기를 찾고 있음에 틀림없다고 생각하면서도, 아이는 그냥 몸을 숨기고 있었다. 그리고 누이가 시집간 지 또 얼마 안되는 어느날, 별나게 빨간 놀이 진 늦저녁때 아이네는 누이의 부고를 받았다. 아이는 언뜻 누이의 얼굴을 생각해내려 하였으나 도무지 떠오르지가 않았다. 슬프지도 않았다. (…)

도로 골목을 나오는데 전처럼 당나귀가 매어 있는 게 눈에 띄었다. 그러나 전처럼 당나귀가 아이를 차지는 않았다. 아이는 달구지채에 올라서지도 않고 전보다 쉽사리 당나귀 등에 올라탔다. 당나귀가 전처럼 제 꼬리를 물려는 듯이 돌다가 날뛰기 시작했다. 그리고 아이는 당나귀에게나처럼, 우리 닐 왜 쥑엔! 왜 쥑엔!
하고 소리질렀다. 당나귀가 더 날뛰었다. 당나귀가 더 날뛸수록
아이의, 왜 쥑엔! 왜 쥑엔! 하는 지름소리가 더 커갔다. 그러다가
아이는 문득 골목 밖에서 누이의, 데런! 하는 부르짖음을 들은 거
로 착각하면서, 부러 당나귀 등에서 떨어져 굴렀다. 이번에는 어
느 쪽 다리도 삐지 않았다. 그러나 아이의 눈에는 그제야 눈물이
괴었다. 어느새 어두워지는 하늘에 별이 돋아났다가 눈물 괸 아
이의 눈에 내려왔다.

『별』, 문학과지성사 1996

어째서 세상의 착한 누이들은 처녀 때 자신을 좋아하던 남자와는 전혀 다른, '작달막한 키에 얼굴이 검푸르고 부잣집 막내아들인' 남자에게 시집을 가는 것일까요. 어째서 누이가 시집가는 날, 예나 지금이나 세상의 남동생은 누이의 눈에 띄지 않으려고 몸을 숨기는 것일까요. 예나 지금이나, 라고 말하려다보니 지금은 시집을 가기보다는 결혼을 하는군요. 동생들은 양복을 하나씩 얻어입고 '웨딩타운' 인근의 식당에서 하객접대를 할 것 같고요.

누이는 '전처럼' 가마를 타고 시집가지 않지만 예나 지금이나 별은 여전히 있습니다. 당나귀 대신 자동차를 타고 달리는 우리 눈에 잘 보이지 않는 것뿐이지요.

겨울 밤하늘에는 유난히 별이 잘 보인다지요. 별을 보러 가야겠습니다.

관악산 유람기

채제공

다음날 해가 뜨기 전에 밥을 재촉하여 먹고 연주대라 하는 곳으로 찾아가려 하였다. 건강한 승려 약간 명을 골라 인도하게 하였다. 승려들이 나에게 말하였다.

"연주대는 여기서 십리쯤 됩니다. 길이 아주 험해서 나무꾼이나 중들이라 해도 쉽사리 넘어갈 수 없습니다. 기력이 못 미치지 않으실까 걱정됩니다."

내가 말하였다.

"천하만사는 마음에 달렸을 뿐이네. 마음은 장수요, 기운은 졸개이니, 장수가 가는데 졸개가 어찌 가지 않겠는가?"

마침내 절 뒤편의 가파른 벼랑길을 넘었다. 길을 가다가 끊어진 길과 깎아지른 벼랑을 만나기도 하였다. 그 아래가 천길 절벽이므로 몸을 돌려 절벽에 바짝 붙어 손으로 늙은 나무뿌리를 바꿔잡으면서 조금씩 발걸음을 옮겼다. 현기증이 나서 옆으로 눈길을 보낼 수가 없었다. 혹 큰 바위가 길 가운데를 막고 있는 곳을 만날 때면 앞으로 나아갈 수 없었다. 그리 뾰족하지 않고 오목한 곳을 골라 엉덩이를 거기에 붙이고 두 손으로 주변을 부여잡으며 미끄러지듯이 내려갔다. 고쟁이가 뾰족한 부분에 걸려 찢어져도 안타까워할 틈이 없었다. 이와 같은 곳을 여러번 만난 다음에야 연주대 아래에 이르렀다.

이미 정오였다. 고개를 들어 바라보니, 놀러온 사람들 중에 우리보다 일찍 올라간 이들이 만길 절벽 위에 서서 몸을 굽히고 아래를 내려다보고 있다. 흔들흔들 마침 떨어질 듯하므로, 보고 있자니 모골이 죄다 송연하여 똑바로 쳐다볼 수가 없었다. 하인을 시켜 큰 소리로 "그만두시오, 그만두시오"라고 하였다.

나 또한 마음과 몸의 기력이 다하고 말았다. 엉금엉금 기어서 마침내 정상에 다다랐다.(…)

연주대는 구름 속까지 우뚝 솟아 있다. 내 자신을 돌아보니 천하만물 중에서 감히 높이를 다툴 만한 것이 없어 보였다.

심경호 『산문기행 ─ 조선의 선비, 산길을 가다』, 이가서 2007

　　　　참으로 멋진 말입니다. 마음은 장수요 기운은 졸개라니. 그런데 문제는 몸이군요. 현기증이 나서 옆을 쳐다볼 수도 없는 게 몸이요, 몸에 걸친 고쟁이가 찢어져도 안타까워할 틈이 없고 남들이 아슬아슬한 데 몸을 걸치고 있는 것을 보며 모골이 송연한 것도 몸입니다. 그래도 몸이 가야 산에 가는 거지요.

　몸의 문제로 엉금엉금 기어서 정상에 다다라 자신(自身), 스스로의 몸을 돌아보니 천하가 내 몸 아래에 있습니다. 뒤따라 기쁨을 누리는 것이 마음이라면 몸이 장수이겠습니까, 마음이 장수일까요.

찻길을 횡단할 수 있을 만큼 떼를 짓자

홍은택

떼잔차질의 역사는 길지 않다. 1992년 9월 샌프란시스코에서였다. 라이더들이 자신들도 도로이용자로 존재하고 있음을 보여주려고 시작했다. 처음에 45명이 참여한 이 월례행사는 지금은 평균 1500명이 참여하는 축제로 발전했다. 많을 때는 5천명도 참석한다고 한다. 이 운동에 붙인 이름은 다소 추상적인 '크리티컬 매스'(Critical Mass). 핵물리학에서 임계질량으로 번역된다. 핵분열을 지속하기 위한 최소한의 질량. 그러니까 자전거가 차도의 정당한 이용자로 인정받을 때까지 대중참여를 이끌어내려는 운동이다.

계기는 테드 화이트(Ted White) 감독의 「폭주족의 귀환」(Return of the scorcher)이라는 자전거 기록영화였다. 내연기관이 나오기 전 자전거가 속도를 지배했다. 그래서 영화에서 말하는 폭주족은 자전거 타는 사람들을 뜻한다. 이 영화에는 중국 어느 도시의 찻길이 나온다. 자전거를 탄 사람들이 찻길을 건너려고 하는데 자동차들은 쌩쌩 달리고 신호등이 없다. 라이더들 한두 명이 길가에서 망설이고 있다. 몇명이 더 모여든다. 여전히 무리다. 열 명 가까이 모이자 선두에 선 사람이 결단을 내려 찻길을 가로지르고 우르르 뒤를 따른다. 찻길을 횡단할 수 있을 만큼의 숫자, 이 숫자가 바로 크리티컬 매스다.

한 사람은 차도 중간에 멈춰 뒤에 처진 라이더들이 다 건널 때까지 기다린 뒤 자신도 잽싸게 그 뒤를 따라 차도를 건넜다. 무슨 사회운동을 하는 사람들도 아니고 서로 안면이 있어 보이지도 않는다. 그게 그들의 일상인 것이다. 특별할 게 하나 없어 보이는 이 장면을 보고 샌프란시스코의 라이더들은 깊은 인상을 받았다. 길을 건너는 데 담력과 연대가 필요한 상황. 미국 라이더들이 처한 상황과 다를 바 없는 것으로 받아들였고, 중국 라이더들이 함께 힘을 합쳐 어려움을 헤쳐나가는 모습에 감동을 받아 모임을 시작했다.

『서울을 여행하는 라이더를 위한 안내서』, 한겨레출판 2007

‘떼잔차질’은 떼를 지어 자전거를 타고 도로를 운행하는 일을 일컫는 말입니다. 자전거를 무시하는 운전자들이 지배하는 차도를 건너가는 자전거 탄 사람들(라이더) 사이, 차도 중간에 멈춰 뒤에 처진 라이더들이 다 건널 때까지 기다리는 사람은 덕이 있는 사람입니다. 그 덕은 어떤 물질적인 보답을 바라고 베풀어지지 않습니다. 이처럼 천연스러운 사람다움이 사람 사이에서 우연히 드러날 때 감동이 생겨납니다. 이러한 감동도 세상에 베푸는 덕이겠지요. 감동은 때와 장소에 구애받지 않고 퍼져나갑니다.

도둑의 교훈

강희맹

도둑질을 전문으로 하는 자가 일찍이 그 기술을 아들에게 모두 가르쳐주었다. 그러자 아들은 스스로 자기 기술이 아버지보다 훨씬 낫다고 생각하였다. (⋯)

어느날 밤 도둑 부자는 함께 도둑질을 하러 어느 부잣집에 숨어들어갔다. 곧이어 아들은 보물이 가득 차 있는 창고의 자물쇠를 따고 들어갔다. 아버지는 아들이 들어간 창고의 문을 잠그고 그 문을 덜컹덜컹 흔들었다. 곤히 잠을 자던 주인이 놀라 일어나서 달려나왔다. 그리고 도망치는 아버지 도둑을 따라가다가 붙잡을 수 없게 되자 돌아와서 창고를 살펴보았다. 그는 그곳에 자물쇠가 채워져 있는 것을 확인하고는 안심하고 다시 방으로 들어가 잠을 잤다. 그때 창고 안에 갇혀 있던 아들 도둑이 빠져나올 궁리를 하다가 손톱으로 창고 문짝을 박박 긁으며 "찍찍" 하고 늙은 쥐의 소리를 내었다. 그러자 방에 들어갔던 주인이 속으로 중얼거렸다.

'제기랄, 쥐가 창고에 들어가서 곡식을 다 축내는구나. 가만히

앉아 있을 수 없지.'

그는 초롱불을 들고 와서 자물쇠를 열고 창고 안으로 들어왔다. 그때 아들 도둑이 문을 밀치고 도망쳐나왔다. 그러자 주인은 도둑이 들었다고 소리쳤고, 집안 사람들이 모두 몰려나와서 그의 뒤를 바싹 따라왔다. 도둑은 거의 붙잡힐 지경이 되었다. 그는 그 집 마당 안에 파놓은 연못 둑을 타고 도망치다가 큰 돌을 하나 집어 물속으로 던지고는 몸을 날려 둑 밑으로 숨었다. 뒤따르던 사람들은 도둑이 물속으로 몸을 던진 줄 알고 모두 연못만 들여다보았다. 이 틈을 타서 도둑은 그 자리를 빠져나올 수 있었다.

그는 집으로 돌아오자 아버지를 원망하며 말했다.

"나는 새나 기는 짐승도 자기 자식을 사랑하고 보호할 줄을 아는데 아버지는 어찌하여 자식이 붙잡히도록 일부러 자물쇠를 잠갔습니까?"

아버지가 대견하다는 듯이 그를 보며 대답하였다.

"이제부터는 네가 이 세상에서 도둑으로는 독보적인 존재가 되었다. 사람이 남에게 배울 수 있는 기술은 한정이 있지만 스스로 터득한 것은 그것을 무한히 응용할 수 있기 때문이다. (…) 내가 이번에 너를 위험한 경지에 빠뜨린 것은 너를 곤란한 처지에 빠뜨림으로써 장래에 편안하게 살도록 하기 위한 배려에서 나온 것이다. (…)"

조면희 『황소에게 보내는 격문 외』, 현암사 2001

　　사자가 절벽에서 새끼를 떨어뜨려서 살아남는 새끼만 키운다는 이야기가 있는데 아버지 도둑은 그 방식을 사용한 것일까요? 도둑들의 말에도 배울 점이 있으니 마지막 부분을 주목해보십시오. 어쩌면 교육이라는 것 자체가 배우는 사람이 스스로 터득하게 하는 길을 안내해주는 게 아닐까요?

주의사항 : 사자나 도둑이 하는 행동을 그대로 따라하지는 마십시오, 특히 어린이에게는. 어린이들도 절대 따라하지 마시오!

하산

김성동

그이의 이름은 일지(一指)라고 하였다. 스스로 그렇게 불러달라고 해서 불리는 이름이 아니라 세상 사람들이 도(道)를 물을 때마다 다만 말없이 손가락 한개를 들어 보일 뿐이라고 해서 붙은 이름이라고 하였다. 그이에게는 그리고 기이하게도 손가락이 한개 없다고 하였는데, 거기에는 까닭이 있다고 하였다.

그이가 아직은 구상유취하던 사미의 시절에 하루는 운수 하나이 찾아와 출타중인 노사를 친견코자 하는지라 사미가 접객(接客)을 하는데, 어떻게 오셨는지요, 노덕을 뵙고자 천리길을 왔느니라, 큰스님께서는 언제나 돌아오실지 기약이 없는데요, 어허 낭패로고, 운수 츳츳 혀를 차며 고단해 보이는 얼굴에 자못 수심이 짙은지라, 어인 일로 그러시는지요, 운수 하늘을 우러르며 침중하게 말하기를 도(道)를 여쭙고자 함이네, 이 말을 들은 사미 짐짓 터져나오려는 웃음을 참느라고 하마 방기가 다 나왔으니 그것은 하루에도 줄을 지어 찾아오는 운수들이 도를 물을 때마다 노사는 단지 묵묵하게 손가락 한개를 들어 보이는 것이어서 까짓

도를 묻는 것쯤이야 골백번이라도 대답해줄 자신이 든든한지라 짐짓 의젓하게 결가부좌를 틀고 앉으며 말하기를, 저한테 물어보시지요, 운수 기가 막혀 사미를 바라보니 자못 위의가 있는지라, (…) 스스로 그 마음의 용렬함을 꾸짖으며 옷깃을 바로 한 다음 노덕을 대하듯 정중한 삼배(三拜)를 드리고 나서 묻기를, 여하시(如何是) 도(道)이닛고, 결가부좌를 튼 채로 지그시 눈을 감고 있던 사미 서슴지 않고 손가락을 쑥 들어 보이는지라, 운수 하릴없이 그곳을 물러나고 말았는데, 얼마 후 돌아온 노사에게 사미는 그때의 일을 자랑스럽게 이야기했고, 노사 박장대소를 하며 귀엽다는 듯 톡톡 사미의 궁둥이를 두드려준 다음, (…) 그런데 애야, 네 스님, 네가 내 밥그릇을 빼앗아갔으니 나는 무엇을 먹고살꼬, 무슨 말씀이신가요 스님, 아니다 이제는 내가 네게 도를 물어야겠구나, 얼마든지 물어보셔요, 노사 사미를 향하여 삼배를 한 다음 묻기를, 여하시 도인고, 사미 즉시 손가락 한개를 쑥 들어 보이는데, 어마 뜨거워라, 노사의 손바닥 안에 감춰졌던 예리한 비수(匕首)가 사미의 들어 보이는 손가락을 단칼에 날려버렸고, 울부짖으며 사미는 피투성이의 손가락을 움켜쥐고 염화실을 뛰쳐나갔는데, 벼락 치는 소리로 노사가 불러 사미 문득 고개를 돌려보니, 노사가 손가락 한개를 쑥 들어 보이는 게 아닌가, 순간 사미는 덩실덩실 춤을 추었는데 그것은 일월성신(日月星辰) 산하대지(山河大地) 삼라만상(森羅萬象) 두두물물(頭頭物物) 진진찰찰(塵

塵刹刹)이 모두 노사가 들어보인 한개의 손가락 속에 들어 있다는
기막힌 사실을 활연대오하였기 때문이라고 하였다.

『하산』, 푸른숲 1994

선가(禪家)에 내려오는 일화입니다만 이렇듯 기운 자국 없이 단 한 문장의 이야기로 풀어내니 특별한 신명이 느껴지지 않습니까?

아, 무엇이 도일까요? 들어올린 손가락 하나, 비수, 톡톡 사미의 궁둥이를 두드려주는 손도 모두 도이고 도로 가는 방편이겠습니다만 저에게는 이런 신명 역시 도의 하나이지 싶습니다.

베토벤, 불멸의 편지

루트비히 판 베토벤

친애하는 베티나!

왕과 군주들은 교수나 추밀관을 만들 수 있소. 자기들이 만들어낸 직책에 훈장을 잔뜩 내릴 수도 있겠지. 그러나 그들은 위대한 인간, 군중 사이로 치솟아오르는 위대한 정신을 만들어내지는 못한다오. 따라서 왕보다 우월한 그런 사람들은 존경받아 마땅하오. 그러니 나와 괴테 같은 사람이 함께 있으면 군주들도 우리의 위대함을 느낄 것이 틀림없소.

어제 괴테와 함께 산책하다가 집에 돌아오는 길에 황실의 행렬이 지나갔다오. 우리는 멀리서 그 행렬이 다가오는 것을 보았는데, 괴테는 내 곁에서 떠나 길가에 비켜서지 뭐겠소. 내가 말려도 그는 한 발짝도 움직이지 않았을 거요. 그래서 나는 모자를 푹 눌러쓰고 외투 단추를 채우고는 팔짱을 끼고 법석대는 군중 속으로 들어갔소. 왕자와 중신들이 늘어선 가운데 황후께서 먼저 내게 인사를 건넸고 그다음에야 나는 루돌프 대공을 향해 모자를 벗었소. 그들은 다 나를 알아보았소. 행렬이 괴테

"

의 앞을 지날 때 그가 어떻게 하나 굉장히 궁금했지. 글쎄 그는 길가에서 모자를 손에 들고 황송한 듯 몸을 굽히고 서 있지 않겠소.

나는 이 일로 그를 맹렬히 비난했소. (…)

내일은 궁전에 간다오. 오늘은 공연이 한번 더 있어요. 황후는 괴테와 함께 연주할 부분을 연습했소. 그와 대공은 내가 직접 연주하기 원했지만 거절했소. 그들은 중국도자기에 미쳐 이성을 잃었다오. 이런 어리석은 자들을 위해 연주하지 않을 게요. 서민들의 호주머니에서 나온 돈을 낭비하는 바보 같은 군주를 위한 작품을 쓰지도 않을 거요.

안녕히, 안녕히, 사랑하는 당신, 지난번 당신의 편지는 밤새 내 가슴 위에서 나를 위로해주었소. 음악가에겐 모든 것이 허용된다오. 세상에, 얼마나 그대를 사랑하는지!

— 그대의 충실한 친구이며 귀 먼 형제

『베토벤, 불멸의 편지』, 김주영 옮김, 예담 2000

베토벤이 가진 예술가로서의 자각, 긍지가 괴테보다 강했던 것일까요? 아니면 일국의 재상까지 지낸 괴테의 처신과 정치적 감각이 베토벤에 비해 우월했던 것일까요? 옳고 그른 것은 두 사람의 가치기준에 따라 다르겠지요. 어떻든 두 위대한 예술가의 만남이 두 사람 모두의 작품세계에 영향을 주었을 겁니다.

실은 제 관심은 밤새 한 사람의 가슴에 얹혀서 그 사람을 위로해줄 편지랍니다. 사랑이라는 말을 오랜만에 써보니 세상에, 사랑이 얼마나 사랑스러운지! 사랑하는 사람이 있다면 사랑한다고 문장으로 써서 보내보시기를, 바로 지금.

맛

로얼드 달

프랏은 잔을 천천히 코로 들어올렸다. 코끝이 잔으로 들어가더니 포도주의 표면을 살살 움직이며 냄새를 맡았다. 이어 잔에 든 포도주를 천천히 돌려 향기를 받아들였다. 그는 강렬한 집중력을 보여주고 있었다. 눈을 감았다. 이제 그의 상반신 전체, 머리와 목과 가슴이 냄새를 맡는 거대하고 민감한 기계가 된 것 같았다. 이 기계는 킁킁거리는 코를 통해 전달되는 메씨지를 받아들이고, 걸러내고, 분석하고 있었다.

(…)

냄새를 맡는 과정은 거의 일분간 지속되었다. 이윽고 프랏은 눈을 뜨거나 머리를 움직이지 않고 잔을 입으로 내리더니, 내용물의 거의 반을 입에 넣었다. 그는 거기에서 동작을 멈추었다. 입에는 포도주가 가득했다. 그는 첫맛을 보고 있었다. 이윽고 그는 입에 든 것 가운데 일부를 목 안으로 넘겼다. 포도주가 밑으로 내려가면서 그의 목울대가 움직이는 것이 보였다. 그러나 대부분은 아직 입안에 남아 있었다. 이어 프랏은 포도주를 더 삼키지 않고,

입술 사이로 공기를 약간 들이마셨다. 공기가 입안에서 술의 기운과 섞이더니 허파로 내려갔다. 그는 지그시 숨을 참았다가, 코로 내뱉었다. 그리고 마지막으로 포도주를 혀 아래에서 굴리더니 씹었다. 포도주가 빵이라도 되는 것처럼 이로 씹고 있었다.

엄숙하고 인상적인 공연이었다. 정말 잘한다고 말할 수밖에 없었다.

『맛』, 정영목 옮김, 강 2005

포도주 맛을 감식하는 전문가의 모습입니다. 정말 인상적인 공연이지요. 전문가라면 기본적으로 이런 태도를 가지고 있습니다. 어떤 분야의 전문가이든.

사실 이것이 '공연'에 불과하다는 충격적인 사실이 나중에 드러납니다만 진지하고 엄숙한 이 자세는 배울 만한 것 같습니다. 이렇게 묘사를 하는 사람 역시 전문가 같지 않습니까? 정말 잘한다고, 더 칭송하자면 '얼씨구나 잘 논다'고 말할 수밖에 없네요.

나는 박물관에 간다

무용지물 박물관

김중혁

나는 망설이다가 얘기를 꺼냈다.

"나, 네 방송 매일 들어."

"어, 그래? 요즘도 듣고 있었어?"

"음. 재미있어."

"재미있다니 다행이다. 요즘 회사일이 너무 바빠서 자원봉사를 그만둘까 하는 생각도 있었는데, 그럼 안되겠네."

"당연히 안되지. 너같이 뛰어난 디자이너를 잃어버리면 안되지."

"내가 디자이너라고?"

"물론. 넌 최고의 디자이너야."

나는 진심으로 그렇게 생각했다. 지금 생각해보면 내가 '시각 장애인을 위한 인터넷 라디오 디자인'을 그만둔 이유는 열등감 때문이었던 것 같다. 메이비의 방송을 듣고 난 다음부터, 나는 디자인을 한다는 게 조금씩 두려워지기 시작했다. 그의 라디오방송이 도대체 어떤 영향을 미쳤는지는 정확히 알 수 없었지만 내 안의 무엇인가가 조금 바뀐 것만은 분명하다.

오래전부터 나는 디자인이란 통조림이라고 생각해왔다. 통조림을 따는 순간부터 내용물은 썩기 시작한다. 디자인이 완성되어 제품이 출시되는 순간, 디자인은 이미 낡은 것이 된다. 하지만 메이비가 만들어낸 디자인은 절대 썩지 않았다. 디자인이란 정말 무엇인가, 하고 생각해본다. 물론 답은 없다.

나는 그런 고민을 하는 사람치고는 레스몰 디자인 사무실을 잘도 운영해나가고 있다. 디자인이란 무엇일까라는 고민은 집에 가서 하고 회사에서는 돈을 벌기 때문에 가능한 일이었다. 가끔씩은 회사에서 고민을 하고 집에 가서 돈을 벌 수도 있을 텐데 그것만은 뒤바뀌질 않는다.

(…)

사무실 한쪽 벽면에는 레스몰 디자인을 시작할 때부터 걸어놓은 '예술은 집에 가서 하고 회사에서는 디자인을 하자'라는 사훈이 있다. 얼마 전 그 아래에다 이런 말도 적어놓았다. '우리에게는 예술이 없다. 우리는 단지 우리가 할 수 있는 일을 할 뿐이다.' 발리인들의 성명서에서 빌려온 말이다.

새로운 디자이너가 오면 메이비의 방송을 들려준다. 그리고 눈을 감고 사람을 그려보라고 한다. 대부분 눈을 동그랗게 뜨고 이상하다는 듯이 나를 쳐다본다. 눈을 감고 실제로 메이비가 설명해주는 잠수함을 그리는지, 벌거벗은 여자친구나 입술이 섹시한 남자친구 생각을 하는지는 알 수 없지만 '메이비 방송 듣기'는 레스몰 디자인의 통과의례 같은 것이 됐다. 무엇을 생각하든 무엇을 그리든, 눈을 감고 있는 것은 디자이너에게 좋은 훈련이라고 생각한다.

나는 가끔 눈을 감고 어둠속에다 잠수함을 그려본다. 메이비의 목소리가 들리지 않으면 잘 그려지질 않지만 그래도 이젠 어느정도 비슷하게는 그릴 수 있다. 잠수함이 완성되면 나는 캄캄한 어둠속으로 잠수함을 발진시킨다. 눈을 뜨고 있을 때는 시야가 굉장히 좁지만 눈을 감으면 공간은 끝없이 넓어진다. 잠수함은 계속 앞으로 나아간다. 잠수함에다 노란색을 칠하고 싶지만 그것만은 잘되질 않는다. 언젠가는 될 것이라고, 나는 생각한다.

『펭귄뉴스』, 문학과지성사 2006

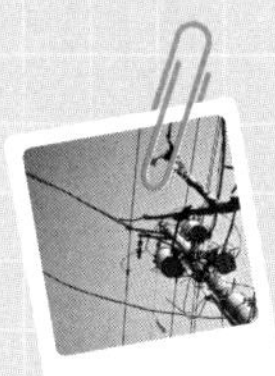

여기에는 여러 메씨지가 있는 것 같습니다.

'디자인이 완성되어 출시되는 순간 디자인은 이미 낡은 것이 된다. 예술은 집에 가서 하고 회사에서는 디자인을 하자. 우리에게는 예술이 없다. 우리는 단지 우리가 할 수 있는 일을 할 뿐이다.'

이것만 해도 메씨지는 충분합니다만 중요한 게 하나 더 있군요. '(디자이너로서 무엇을 생각하든 무엇을 그리든) 눈을 감고 있는 것은 좋은 훈련'이라는 것입니다. 눈을 뜨고 무엇인가 유용한 것을 해야 한다는 강박에 시달리는 동안 우리의 시야는 좁아지지만 눈을 감으면 공간은 끝없이 넓어진다는 것…… 그 넓은 공간이 당장은 무용하게 느껴질지라도 이런 것이 실은 큰 쓸모, 유용함을 배양하는 시공간입니다. 이런 게 예술이죠. 존재만으로도 훌륭하지만요.

전화와 편지

김화영

“여보세요? 거기 김화영 교수 연구실입니까?”

“네, 그런데요.”

“김화영 교수 계십니까?”

“전데요. 말씀하십시오.”

“네, 저 여기는 거시기 주식회사 사장실인데요. 김머시기 사장님 전합니다. 잠깐만 기다려주십시오.”

종종 이런 전화를 받게 된다. 비서인 듯한 앳되고 직업적으로 반들반들하게 닦인 여자 목소리가 많다. 이렇게 잠깐만 기다리라고 해놓고는 이쪽이 하염없이 수화기를 든 채 문제의 사장님 목소리를 간절해하도록 만든다.

(…)

그런데 문제는 이쪽이 그런 전화에 별다른 매력을 느끼지 못하는 데 있다. 그리고 문자 그대로 연구실에 앉아 있을 때는 대개가 글을 쓰고 있거나 책을 읽고 있는 때이다. 이처럼 집중을 필요로 하는 일에 파묻혀 있을 때 전화벨 소리란, 좀 과장해 표현하면 파

티가 무르익어가는 중에 들리는 권총 소리 같은 것이다. 또 더러는 대학원 강의 도중에 이런 식의 전화가 걸려오는 수도 있다. 상대방이야 이쪽 사정을 알 턱이 없다. 본래 전화란 것은 그렇다. 그러나 어쨌든 이쪽은 강의를 중단해놓은 채 사장님의 여비서와 전화줄을 한끝씩 마주붙잡고 이제나저제나 사장님이 그의 바쁜 목소리를 가지고 나타나주시기만 간절히 기다리는 꼴이다.

비서실을 갖추어놓지도 못했고 앞으로도 그럴 것 같지 못한 대학교수인 나는 날이 갈수록 전화의 고마움보다는 해독에 더 민감해져가고 있다. 특히 유들유들한 목소리가 전화를 통해서 내겐 거저 주어도 반갑지 않을 물건이나 책을 한사코 팔아보겠노라고, 그 물건이 기필코 내겐 없어서 안되는 것이라고 설득하려 들 때는 더군다나 그렇다. 그래서 나는 가끔 대문 앞을 서성거리면서 사랑하는 사람들의 편지를 기다리던 저녁나절을, 그렇게도 고즈넉하게, 그렇게도 천천히 살던 시절을 생각하게 된다. 그리고 이런 대화도 그리움과 함께 기억한다.

"빨리 가세요."

"왜요?"

"가야 편지를 쓰지요."

그렇다. 서로 떨어져 있어야 쓰는 게 편지다. "우리의 그리움을 위하여서는 이별이 있어야 하네"라고 시인은 노래했다. 요즘은 사람들이 모두 서로서로 전화줄로 연결되어 있다보니 편지 쓸 일이 없다. 그야말로 이별 없는 시대가 와버렸다. 편지는 부재 속으로 찾아드는 침묵의 목소리다. 그래서 전화와는 달리 편지는 길어져도 수다스럽지 않아 좋다. 그리고 그리운 이의 손길이 쓸고 지나간 그 육필(肉筆)의 아름다움은 우리의 그리움을 더욱 간절하게 만든다. 재치, 혹은 순정이 가득히 고인 그 종이와 글씨들은 오랜 세월이 지난 뒤에도 우리의 서랍 속에 귀중하게 간직되어 있다.

『바람을 담는 집』, 문학동네 1996

우리는 편리함을 위해 물건을 고안하고 제도를 만들고 삽니다. 그런데 어느새 그것들에 포위되어 간섭받고 그쪽의 일정과 스타일에 맞춰 쫓겨다니고 있습니다.

그렇다고 편리를 가져다주는 물건을 몽땅 버릴 수는 없겠지요. 다만 우리가 가지고 있던 것 가운데 우리와 아주 가깝고 우리를 사람답게 하고 우리에게 추억과 느낌을 주던 것들을 되살려보는 것으로 우리가 입고 있는 독을 어느정도는 씻어낼 수 있지 않을까요.

이번달 혹 어디로 여행을 가신다면, 엽서를 한번 사보시지요. 그늘에 앉아서 넌지시 엽서를 보낼 사람을 떠올리는 것만으로도 새로운 여행이 시작될 수도 있습니다.

술 먹고 담배 피우는 엄마

공선옥

우리는 광주역에 내렸다. 온 세상은 때글때글 얼어 있다. 무등산은 검다. 속은 쓰라리다. 어디로 갈까. 사내가 내 손을 잡아끈다. 나는 휘적휘적 그를 따라간다.

"뭣 좀 먹을래?"

"속이 쓰려."

우리는 광주역 앞의 국밥집으로 간다.

"많이 먹어."

나는 많이 먹는다.

"광주는 무슨 일로 온 거요?"

"새끼들 보러."

"웃기지 말어."

그는 내 말을 묵살한다.

"내가 웃겼어요?"

"너 같은 여자가 무슨 새끼는 새끼."

"내가 왜?"

"무슨 애기엄마가 술 먹고 담배를 피워?"

나는 말하지 않는다. 애기엄마는 절대로 술 먹고 담배 피우지 않는다,라고 생각하는 남자에게 시집가서 절대로 술 안 먹고 담배 안 피우고 건강한 새끼들 많이 낳고 평화롭게 살아봤으면. 그렇지만 나는 '우리 새끼'들의 엄마다. 술 먹고 담배 피우는 엄마다.

"시답잖은 소리 말고 다 먹고 다시 기차 타고 정읍에 우리 부모님한테 인사하러 가자."

나는 내 앞으로 검은 휘장이 내려뜨려지는 것을 본다. 한판의 연극은 끝났다. 나는 이제 무대에서 사라져야 한다.

"화장실 좀 다녀올게요."

나는 총총히 일어난다.

"가버리면 안돼."

가슴이 싸하니 아파오는 듯도 하다. 나는 냅다 뛴다. 택시를 탄다.

"무등산 밑에 시립아동일시보호소로 갑시다."

"어이구 추워. 뭔 놈의 날씨가 요렇게 추운지 모르겠네. 화끈허게 눈이나 와불던지. 서울서 오시요?"

"아니요. 정읍에서요."

"그래라우이. 정읍은 어쩝디여?"

"정읍이요? 정읍은 따뜻하던데요. 봄날씨같이."

"그래부러라우이. 겁나게 희한허시. 정읍이 여그서 얼매나 된다고? 여그나 거그나 별반 차이 없을 것인디.”

“그건 그래요.”

그건 그럴 것이다. 어디 간들 덜 추울 것인가, 이 엄동설한에. 그래도 내 자식 있는 곳이 그중 따술 것인데.

“아저씨, 빨리 좀 갑시다.”

나는 이제 추운 것도 잊어버렸다. 아침놀이 무등산 위로 퍼지고 있다. 나는 차창을 열었다. 호주머니 속에서 담배를 꺼내어 문다. 나는 불어오는 바람에 내 온 얼굴을 내맡긴다.

“아침부터 겁나게 재수없그만이.”

기사의 욕도 온 얼굴에 맞는다. 나는 담배를 깊숙이, 양껏, 힘차게 빨아당긴다.

『내 생의 알리바이』, 창작과비평사 1998

이 작품이 발표된 시기를 보니 1998년 9월이군요.
어디 간들 덜 추운 데가 없던 시절에서 꽤 오랜 시간이 흘렀는데 지
금은 '술 먹고 담배 피우는 엄마'들, 좀 따뜻해졌을까요? 하긴 거기가
여기서 얼마나 된다고, 여기나 거기나 별반 차이가 없을 것 같기도
하군요. 담배를 끊은 남자들은 많아졌지만. (저부터도 그렇습니다.)

아내가 결혼했다

박현욱

말 그대로 꿈만 같은 신혼여행이었다. 퀸스타운의 스카이라인 전망대에서 바라본 하늘은 일찍이 본 적 없는 환상적인 푸른색이었다. 수많은 폭포와 깎아지른 듯한 절벽이 어우러진 밀포드 사운드도 별세계였다. 그러나 뭐니 뭐니 해도 가장 아름다운 것은 그녀였다. 가장 감동적인 정경은 내 옆에 그녀가 함께 있는 모습이었다.

로토루아에 갔을 때였다. 공연장에서 본 마오리족의 전통 의상이나 춤에는 별 감흥이 없었는데 그들이 부르는 노래에 마음을 빼앗겼다. 귀에 익숙한 멜로디, 마음을 울리는 곡조, 「연가」였다. 나도 모르게 따라 불렀다.

처음에는 우리 가사로.

그대만을 기다리리 내 사랑 영원히 기다리리.

나중에는 그들의 말로.

에 히네 에 호키 마이 라 카 마테 아하우 이 테아로하 에.

원곡의 가사 내용은 이러하다.

폭풍이 휘몰아치는 거친 바다도

그대가 건너올 때면 잠잠해질 거예요.

그대, 내게 다시 돌아와요.

당신을 사랑해요.

편지를 썼어요. 반지와 함께 보냈지요.

사람들은 알 수 있을 거예요. 내가 얼마나 괴로운지.

그대, 다시 돌아오세요.

너무도 당신을 사랑해요.

내 사랑은 흔들리지 않아요.

뜨거운 태양도 내 사랑을 마르게 할 수 없어요.

내 사랑은 언제까지나 눈물로 젖어 있을 테니까요.

낯선 나라에서의 밤. 하늘에선 별들이 반짝거렸고 땅 위에선 아름다운 노래가 울려퍼졌으며 옆에는 이제 막 아내가 된 그녀가 내게 머리를 기대고 앉아 있다. 보르헤스가 천국이 있다면 도서관 같은 곳일 거라고 말한 건 이런 밤을 경험해보지 못한 때문일 것이다. 천국이 있다면 도서관 따위가 아니라 이런 곳일 것이다. 꼭 이런 곳이어야 한다.

"노래 참 좋다."

“응. 정말 아름다운 노래야.”

“이게 마오리 노래였나 보네.”

“남자 이름이 ‘토모아나’라고 했던가. 서른여덟의 나이에 열여
덟 꽃다운 처녀 리페카를 보고는 한눈에 반해버린 거야. 그 여자
한테 지어보낸 노래래. 1912년의 일이라던가. 이렇게 아름다운
노래를 받고 가만히 있을 여자는 없을 거야. 결국 그 둘은 결혼했
지.”

“그런 드라마틱한 사연이 있었구나. 어쩐지 노래가 애절하더
라니.”

“그후 두 사람은……”

잠시 사이를 두고 인아가 말을 이었다.

“이혼했대.”

『아내가 결혼했다』, 문이당 2006

이런 경우를 두고 '과정이 중요하지 결과는 문제가 아니다'라고 하는 건가요? 아니면 '원래 사랑이라는 게, 인생이라는 게 그런 것이다'라고 하는 걸까요?

사실 우리가 알고 있는 익숙한 노래가 우리가 부르는 가사와 아무런 관계가 없는 경우가 많습니다. 또 그대만을 기다린다느니, 영원히 사랑한다느니 하는 이런 맹세 투의 말에는 헤어짐의 씨앗이 들어 있는 것만 같습니다. 증오에 차서 서로를 저주하다가 갑자기 사랑에 빠지는 사람이 있는 것처럼 말이지요.

노래는 물론이고 소설 주인공들 간의 대화도 참 리듬감이 있지요? 대화와 노래 사이의 문장에도 노래가 스며들어 있습니다. 부지불식간에 영향을 주고받는 건 사람들만의 일은 아닙니다.

사랑의 후방낙법

백가흠

예상한 대로 유진은 가볍게 예선을 통과하고 민숙도 8강에 오른다. 여자 헤비급은 출전선수가 많지 않아 실제로는 바로 결선이나 다름없고, 두 번만 이기면 대표로 차출될 수 있다.

민숙은 자신의 시합은 뒷전이고 유진의 경기를 따라다니며 응원하느라 정신이 없다. 자기 경기는 모두 다 끝난 일처럼 대수롭지 않게 생각한다. 유진이 한판 한판 이길 때마다 민숙은 경기장으로 가장 먼저 뛰어들어가 마치 올림픽에서 금메달이라도 딴 사람처럼 유진을 번쩍 들어올린다.

민숙은 첫경기도 부전승으로 올라간다. 상대선수가 계체량을 통과하지 못해서 한 시간마다 재차 체중을 달았지만 조금도 변함이 없어 실격당했기 때문이다. 민숙은 경기장 안에 들어서서 멋쩍게 인사만 하고 매트를 내려온다.

(……)

예상과는 달리 민숙은 너무 쉽게 국가대표가 된다. 민숙이 4강에서도 우세승으로 결승에 진출하게 된 것이다. 민숙은 그냥 버

티기만 했을 뿐이다. 양 선수는 아무 포인트도 얻지 못했다. 거구의 상대방은 키가 작은 민숙을 어떻게 해볼 도리가 없는 듯했다. 연장전에서도 서로 아무 포인트도 얻지 못했고, 체중이 덜 나간 민숙이 결승에 진출하게 됐다.

유진은 4강에서 지는 바람에 3, 4위 결정전으로 밀려난다. 상대방이 현존하는 국가대표 일진이었고, 올림픽에서도 2연패한 강자였다. 유진은 4강전이 시작되기 전 이미 체력이 바닥난 상태였다. 유진은 민숙에 비해 초라할 정도로 운이 없었다. 그렇지만 유진에게도 기회는 있다. 3위가 되면 국가대표 상비군으로 발탁될 수 있기 때문이다.

민숙은 이기고도, 대표가 되고도 시무룩해져 있다. 오히려 결의를 불태우는 유진과는 달리 민숙은 자꾸 우울해진다.

아직 끝난 거 아이다. 니 내랑 같이 살고 싶다 안했나? 사랑하는 사람들처럼 말이다.

……

보여도. 내도 할 끼라.

유진이 민숙의 등을 토닥인다. 여자선수 모두 대표선발에 근접해 있어 코치는 신이 나서 어쩔 줄을 모른다. 자기가 이제 국가대표 코치가 된다고 믿는 모양이다.

여자 헤비급 결승. 민숙은 경기를 시작하자마자 상대방의 다리를 파고든다. 당황한 선수는 자꾸 뒷걸음질치며 민숙을 떼어내려고 내리눌렀고, 그러면 그럴수록 민숙은 더욱더 집요하게 왼쪽 다리를 파고들었다. (…) 경기 종료 직전 민숙은 여전히 다리를 악착같이 붙잡고 있고 상대선수는 다리를 빼내려 안간힘을 쓰다 중심을 잃고 쓰러진다. 효과. 민숙은 엉겁결에 유도에서 가장 낮은 점수를 받고 경기는 싱겁게 끝이 난다. 경기가 끝나자마자 코치가 달려나와 민숙을 들어올리려 애를 쓰지만 들리지 않아 우스운 꼴만 당하고 만다. 관중들은 땅딸막한 민숙을 붙잡고 낑낑대는 코치를 보고 박장대소한다. 민숙이 다음 시합을 위해 대기하고 있는 유진을 향해 주먹을 쥐어 보이며 파이팅을 외친다.

민숙은 난생처음 해보는 인터뷰를 위해 카메라 앞에 서고, 유진은 마지막 남은 희망을 위해 매트에 올라선다.

헤비급에선 우리나라가 변변한 성적을 거두지 못해서 이번에 기대가 큰데요. 자그마한 체구에서 어떻게 그런 힘이 나오는지 궁금한데요.

……힘이요? ……지가 뱃살이 엄청나거든요. 그래서 그란 게 아인가……

네. 재밌는 답변이네요. 도복 잡을 때 쥐는 힘이 아주 좋던데 주로 어떤 훈련을 하셨습니까?

……

민숙은 유진의 경기에 신경쓰느라 정신이 없다. 바짝 들이민 마이크를 멍하니 바라본다. 민숙은 잔뜩 얼어서 어안이 벙벙하고 앞이 캄캄하기만 하다.

　쥐는 힘이 좋은데 어떤 훈련을 했냐고……

　민숙은 다리가 후들거려서 선뜻 대답을 할 수가 없다. 연신 유진의 경기를 힐끔거리며 한참 뜸을 들인다.

　……제가 빨래를 좀, 유진이 언니 거랑 제 거랑 엄청나거든요, 하루에.

　……하하하, 재밌는 대답이시네요. 이제 올림픽이 이백여일 앞으로 다가왔는데요, 앞으로 각오와 계획, 바라는 게 있다면 한말씀 해주세요.

　……바라는 거요?……울 아부지가 군인이었는데, 죽었거든요. 자살 안했는데 계속 자살했다 카고, 할무이는 맨날 데모하거든요. 아부지 죽음이 진실로 밝혀졌음 바라구요. 유진이 언니와……

　민숙은 유진의 건승을 기원하려는 말을 하려다 멈춘다. 입을 벌린 채 멍하니 매트를 바라본다. 유진은 난생처음 가장 아름답게 허공을 날고 있다. 착지를 염두에 두지 않은 것이므로 그 아름다움은 더욱 빛이 난다.

　후방낙법을 치야 되는데……

　민숙이 혼잣말처럼 중얼거린다.

　……지금까지 여자 헤비급에서 우승한 조민숙씨의 인터뷰였습니다.

당황한 아나운서가 서둘러 인터뷰를 마친다.

바뀐 텔레비전 화면은 슬로모션으로 아름답게 허공을 날고 있
는 유진의 모습을 클로즈업하고 있다.

『조대리의 트렁크』, 창비 2007

일상생활에서 자연스럽게 익힌 기술과 단련된 체력이 남다른 성적을 내는 바탕이 될 때가 있습니다. 무예를 예로 들면 '생활무예'라고 할 수 있겠습니다.

여자유도팀에서 민숙의 룸메이트이자 선배언니이며 아름답고 실력이 뛰어난(이러니 사랑하지 않을 도리가 없지요) 유진에게 생활과 유도는 따로따로입니다. 생활에서의 식욕이 유도에서의 성공을 방해하기까지 합니다. 반면 민숙은 언니의 연습상대로서 내동댕이쳐질 때 다치지 않게 하는 기술인 후방낙법에만 능숙할 뿐 유도 그 자체에는 별로 관심이 없습니다. 민숙이 바라는 것은 언니의 빨래를 도맡아하면서 오래도록 언니와 함께 있는 것입니다.

야속한 운명은 앞으로 두 사람을 갈라놓을 것 같군요. 바라건대 유도에서든 삶에서든 적시에 후방낙법을 구사하여 부상을 당하지 않기를!

이십세 二十歲

천명관

디제이박스 안에는 기타가 하나 걸려 있었다. 그것은 디제이 형이 가장 아끼는 보물 1호였는데, 헤드 부분이 F자 모양으로 멋진 곡선을 이루고, 바디 아래쪽에 '펜더(Fender)'라는 글씨가 박혀 있는 전자기타였다. 그는 디제이박스 안에서 틈만 나면 기타를 꺼내 깨끗한 수건으로 정성들여 닦곤 했다. 그리고 어떤 기타리스트가 펜더를 사용하고 또 어떤 기타리스트가 깁슨을 사용하는지 소상히 알고 있었으며, 깁슨과 펜더의 소리가 어떤 차이가 있는지 직접 판을 틀어주며 우리에게 비교해주기도 했다. (…)

다방문을 여는 순간 안에서 귀를 찢을 듯한 소음이 들려왔다. 무슨 소린가 싶어 귀를 기울여보니 디제이박스 안에서 나는 기타 소리였다. 입구에서 힐끗 쳐다보니 디제이 형이 앰프에 선을 연결해서 기타를 치고 있었다. 그는 어깨끈까지 멘 채 자리에서 일어나 그 멋진 머리를 흔들어대며 연주에 몰입해 있었다. 팽팽한 가죽바지 위로 기타를 길게 늘어뜨리고, 피크를 쥔 손은 지판 위를 마구 달리고 있었다.

순간, 나는 긴장했다. 디제이 형이 기타를 치다니! 손가락 관절이 다 부러져 무공을 폐했다는 그 전설의 무림고수가 드디어 칼을 뺐구나, 싶어 나는 조용히 소리에 귀를 기울였다. 생판 처음 듣는 곡이었는데 척 듣기에도 뭔가 예사롭지 않았다. 이게 도대체 무슨 곡인가 싶어 쫑긋 귀를 세워보았지만 갈수록 뭔가 이상했다. 한참 듣다보니 스피커에서 흘러나오는 음은 아무런 의미가 없었다. 코드도 맞지 않았고 스케일도 엉망이었다. 그냥 마구잡이로 뜯어대는 소음에 불과했던 것이다. 디제이 형은 한껏 기분을 내느라 내가 온 것조차 모르고 있었다. (…)

나는 여종업원과 대충 눈인사를 주고받은 뒤 디제이박스 안에 들어가 음악을 틀었다. 하지만 엉뚱한 데 신경을 쓰느라 스피커에서 흘러나오는 노래가 귀에 들어오지 않았다. 나는 여종업원이 주방으로 들어가기를 바라며 홀 쪽을 연신 힐끔대며 살펴보고 있었다. 그러다 드디어 그녀가 주방으로 들어가고 홀이 텅 비자, 나는 재빨리 자리에서 일어나 벽에 걸려 있는 펜더기타를 집어들었다. 심장이 터질 것처럼 뛰었고 기타를 케이스에 넣는 손이 마구 떨렸다. (…)

당시 펜더기타는 대학입학금보다 더 비싼 가격이었다. 나는 그

기타를 낙원상가에 가지고 가서 팔 작정이었다. 핑계이긴 하지만, 당시 나에겐 절실하게 돈이 필요했다. 게다가 코드도 모르는 디제이 형에겐 펜더기타 같은 명기가 어울리지 않는다는 생각이 들었고, 그에게 느낀 일종의 배신감이 더해지기도 했을 것이다. 어쨌든 평소에 나에게 잘해준 디제이 형에겐 대단히 미안한 일이었다.

종각역에서 내려 기타를 메고 낙원상가를 향해 걸어가다보니 지나가는 사람들이 나를 힐끔거리며 쳐다보는데, 그 와중에도 갑자기 내가 뮤지션이라도 된 듯 기분이 근사했다. 나는 전에 디제이 형을 따라 몇번 와본 상가를 천천히 구경하며 '중고취급'이라고 씌어 있는 한 가게로 들어갔다. 내가 가져간 펜더기타를 주인이 살펴보는 동안 나는 가게 안을 빼곡히 채우고 있는 악기들을 구경했다. 옆에선 한무리의 사내들이 뭔가 전문적인 용어를 써가며 악기에 대한 얘기를 나누고 있었다. 하나같이 디제이 형처럼 머리를 기른데다 가죽바지를 입고 있어, 한눈에도 뭔가 한가락씩 하는 뮤지션이라는 걸 알 수 있었다. 나는 그들을 선망의 눈길로 힐끔거리며 주인의 대답을 기다리고 있었다.

—이만원 쳐줄게.

한참 물건을 살펴보던 가게주인이 말했다.

나는 어이가 없어 멍한 표정으로 주인을 바라보았다. 펜더기타면 중고가격도 새것과 별반 다르지 않고 심지어는 중고가 더 비싼 것도 있는데 그것이 바로 명기의 특징이라고 했던 디제이 형의 말이 생각났기 때문이었다.

—아니, 이거 펜던데……

나는 뭔가 심상치 않은 기분에 말끝을 흐렸다.

—펜더 맞아. 짜가 펜더.

주인은 옆에 머리를 기른 청년과 서로 마주보고 웃으며 대답했다.

—이게 짜가라고요?

—응, 살 때 얼마 주고 샀는데?

—산 게 아니고 그냥 선물받은 건데…… 여기 헤드 부분이 에프자로 휘어졌잖아요. 그리고 여기 로고도 있는데……

그러자 옆에 서 있던 긴 머리의 사내들이 일제히 웃음을 터뜨렸다.

—야, 너 이 위에 걸려 있는 기타 한번 봐.

주인이 가리키는 곳을 보니 수십대의 전자기타가 걸려 있었는데, 바디에 모두 펜더 로고가 박혀 있었다.

—저거 다 펜더거든. 근데 한대에 오만원씩이야. 다 짜가라는 얘기지.

나는 어안이 벙벙했다. 세상에, 저렇게 많은 펜더가 다 짜가라니!

—어떡할래? 못 믿겠으면 다른 데 갖고 가보든가……

—그냥 이만원 주세요.

얼굴이 시뻘게진 나는 그저 그 긴 머리의 사내들 앞에서 빨리 사라지고 싶은 심정뿐이었다.

『유쾌한 하녀 마리사』, 문학동네 2007

　　그다음은 어떻게 되었을까요? '나'는 쫄면을 사먹고 시간이 남아 영화를 한 편 봅니다. 그리고 밖으로 나왔더니 시위대가 거리를 메우고 있습니다. 나는 시위대의 한 청년과 어깨를 부딪쳐 길바닥에 넘어지지요. 기차역으로 가서 애인과 헤어집니다.

　　'그녀는 왜 늦었냐고 묻지도 않고 그냥 희미한 미소를 지어 보였다. 그 미소가 한없이 쓸쓸해 보여 나는 그녀를 꽉 안아주고 싶었다. 한번 놀러와. 그녀가 말했다.'

　　여기서 '그녀'는 곧 나의 '이십세'의 표상은 아닐까요? 그녀의 트렁크 위에 놓인, 내가 사준 스탠드며 죄악과 배신, 그리고 작별의 하루 역시? 거기에는 '짜가'가 없습니다.

무릎

윤성희

지는 해를 바라보며 운전을 해야 했기 때문에 아버지는 자주 두 눈을 찌푸렸다. 휴게소에서 큰형은 동생들을 불러놓고 주머니에 든 돈을 모두 내놓으라고 말했다. 막내를 제외한 여섯 남매들은 제각기 다른 모양의 썬글라스를 손가락으로 가리켰지만, 결국은 큰누나가 고른 썬글라스를 샀다. 썬글라스를 낀 아버지는 오른쪽 다리를 흔들며 손가락으로 총을 만들어 여기저기에 쏘아댔다. 그러고는 콜라 여섯 병을 사서 자식들에게 나눠주었다. 돼지를 실은 트럭이 옆차선에서 달리는 것을 보면서 그는 콜라를 빨대로 빨아먹었다. 불그스름한 기운이 서서히 하늘을 덮기 시작하더니, 곧이어 돼지의 온몸을 물들였다. 다른 돼지들과 반대방향으로 몸을 틀고 있던 돼지가 고개를 몇번 흔들었다. 트럭이 속력을 내어 아버지의 차를 추월하는 순간, 마주오는 차가 헤드라이트를 켜는 순간, 돼지 한 마리가 트럭에서 튀어올랐다. 돼지가 날아. 남동생이 말했다.

승합차는 앞이 완전히 우그러졌다. 그는 차에서 내려, 도로 한

가운데 누워 있는 돼지를 보며 남은 콜라를 마저 마셨다. 돼지는 도살장으로 실려가는 중이었다. 그는 도살장으로 실려가던 돼지에 치여 죽으면 얼마나 우스꽝스러울까, 하고 생각했다. 그것은 변비에 걸린 코끼리를 치료하다가 코끼리 똥에 깔려 죽은 수의사의 죽음보다 더 우습고 더 슬픈 죽음이었다. 누워 있던 돼지가 벌떡 일어나더니 도로 아래로 도망치기 시작했다. 트럭 운전기사가 돼지를 쫓아 달리기 시작했고, 차를 세워놓고 구경하던 몇사람이 그 뒤를 따라갔다.

『감기』, 창비 2007

　　휴가를 다녀오는 대가족, 특히 여섯 남매들은 어쩐지 동화 '아기돼지의 소풍'을 연상시키네요. 소풍 가는 아기돼지들에게는 아버지가 없지만요. 아버지가 남매들에게 콜라를 사주려면 숫자가 맞는지 세어봐야 했겠습니다. 하나 둘 셋 넷 다섯 여섯, 자신은 빼고요.

　　그런데 현실의 도로 위에서는 진짜 돼지가 도살장으로 끌려가고 있습니다. 삶을 대하는 태도가 다른 돼지와 좀 다른, 어쩌면 반대방향인 돼지가 하늘을 나는 풍경을 보는 것, 그건 경이롭긴 하지만 현실에서는 사고가 됩니다. 특별한 돼지 때문에 일가족이 타고 있던 차가 우그러지고 하마터면 우습고 슬픈 죽음을 맞을 뻔하는데요. 정말 우스운 것은 돼지를 뒤따라가는 구경꾼들입니다. 트럭 운전기사는 좀 슬퍼 보일 것 같습니다. 죽었다 살아나 뛰어야 하는 돼지는 물론.

한계령

양귀자

다음날 아침 어김없이 은자의 전화가 걸려왔다. 토요일이었다. 이제 오늘밤과 내일밤뿐이었다. 은자도 그것을 강조하였다.

"설마 안 올 작정은 아니겠지? 고향친구 한번 만나보려니까 되게 힘드네. 야, 작가 선생이 밤무대가수 신세인 옛 친구 만나려니까 체면이 안 서대? 그러지 마라. 네 보기엔 한심할지 몰라도 오늘의 미나 박이 되기까지 참 숱하게도 넘어지고 또 넘어지고 했으니까."

그렇게 말할 만도 하였다. 고상한 말만 골라서 신문에 내고 이렇게 해야 할 것 아니냐, 저렇게 되면 곤란하다,라고 말하는 게 능사인 작가에게 밤무대가수 친구가 웬말이냐고 볼멘소리를 해볼 만도 하였다. 나는 아무런 대꾸도 할 수 없었다. 박은자에서 미나 박이 되기까지 그애는 수없이 넘어지고 또 넘어진 모양이었다. 누군들 그러지 않겠는가. 부천으로 옮겨와 살게 되면서 나는 그런 삶들의 윤기없는 목소리를 많이 듣고 있었다. 딱히 부천이어서가 아니라 내가 부천 사람이어서 그랬을 것이었다. 창가에 붙어 앉아 귀를 모으고 있으면 지금이라도 넘어져 상처 입은 원미동 사람들의 이야기를 들을 수 있었다. 넘어졌다가 다시 일어나고, 또 넘어지는 실패의 되풀이 속에서도 그들은 정상을 향해 열심히 고개를 넘고 있었다. 정상의 면적은 좁디좁아서 아무나 디딜 수 있는 곳이 아니라는 엄연한 현실도 그들에게는 단지 속임수로밖에 납득되지 않았다. 설령 있는 힘을 다해 기어올랐다 하더라도 결국은 내리막길을 마주해야 한다는 사실 또한 수긍하지 않았다. 부딪치고, 아등바등 연명하며 기어나가는 삶의 주인들에게는 다른 이름의 진리는 아무런 소용도 없는 것이었다. 그들에게 있어 인생이란 탐구하고 사색하는 그 무엇이 아니라 몸으로 밀어가며 안간힘으로 두들겨야 하는 굳건한 쇠문이었다. 혹은 멀리 보이는 높은 산봉우리였다.

은자는 마침내 봉우리 하나를 넘었다고 믿는 사람 중의 하나였다. 노래로는 도저히 먹고살 수 없어서 노래를 그만둔 적도 있었다고 했다. 처음의 전화 이후, 아니 더 정확히 말하면 내가 허겁지겁 달려나오지 않으리란 것을 그애가 눈치챈 이후 은자는 하나씩 둘씩 자신의 과거를 털어놓곤 했었다. 싸구려 흥행단에 끼여 일본 공연을 갔던 적이 있었는데 돌아오지 않을 작정으로 마지막 공연날, 단체에서 이탈해 무작정 낯선 타국땅을 헤맨 경험도 있다는 말은 두번째 전화에서 들었던가. 그런데 오늘은 더욱 비참한 과거 하나를 털어놓았다. 악단 연주자였던 지금의 남편을 만나 살림을 차린 뒤 극장식 스탠드바의 코너를 하나 분양받았다가 빚더미에 올라앉게 되었던 모양이었다. 은자는 주안·부평·부천 등을 뛰어다니며 겹치기를 하고 남편 역시 전속으로 묶여 새벽까지 기타줄을 퉁겨야 했다고 하였다. 첫아이를 임신하고 있는 중이었으나 부른 배를 내민 채 술집 무대에 설 수가 없었다. 코르셋으로, 헝겊으로 배를 한껏 조이고서야 허리가 쑥 들어간 무대 의상을 입을 수 있었다. 한 달쯤 그렇게 하고났더니 뱃속에서 들려오던 태동이 어느날부터인가 사라져버렸다. 이상하긴 했지만 그런대로 또 보름가량 배를 묶어놓고 노래를 불렀다. 그러고 나서야 병원에 갔다가 아이가 이미 오래전에 숨졌다는 사실을 알게 되었다면서 은자는 이렇게 말하였다.

"유명하신 작가한테는 소설 같은 이야기로밖에 안 들리겠지? 아무리 슬픈 소설을 읽어봐도 내가 살아온 만큼 기막힌 이야기는 없더라. 안 그러면 무슨 소리인지 도통 못 알아먹을 소설뿐이고. 너도 읽으면 잠만 오는 소설을 쓰는 작가야? 하긴 네 소설은 아직 못 읽어봤지만 말야. 인제 읽어야지. 근데, 너 돈 좀 벌었니?"

은자가 내 소설들을 읽지 않았다는 것은 참으로 다행한 일이었다. 바로 어젯밤에도 나는 '읽으면 잠만 오는' 소설을 쓰느라 밤새 진을 빼고 있었는지도 모를 일이었다. 그래놓고도 대단한 일을 한 사람처럼 이 아침 나는 잠잘 궁리만 하고 있는 중이었다. 그런데 은자 또한 이제부터 몇시간 더 자야 한다고 말하는 것이었다.

귀가시간은 언제나 새벽이 다 되어서라고 했다. 그애나 나나 밤
일을 한다는 하나의 공통점이 있다는 사실을 떠올리며 나는 씁쓰
레하게 웃어버렸다.

『원미동 사람들』, 살림 2004

'유명하신 작가' 정도가 아니라 '국민작가', '우주작가'라고 한들 밤무대가수로 신산한 삶을 살아온 사람만한 진진한 이야기를 가지고 있겠습니까? 오히려 작가를 밤무대가수인 친구가 돈은 좀 벌었는가 걱정해주고 있군요. 그것도 읽으면 잠만 오는 '대단한' 소설을 써서 어디 먹고살 만할까 싶은지. 고생을 많이 해본 사람의 관점은 현실적이기도 하네요.

어떤 분야든 산봉우리는 있는 법이겠지요. 한 산봉우리에 올라서면 다른 산봉우리에 올라선 사람들이 보인다고들 합니다. 멀리서도 그 사람들이 꼭 친구처럼 여겨진다나요? 제가 산에 올라간 경험에 비추어보면 정상에서는 산봉우리로 올라오는 사람들이 보이고 내려가는 사람들도 보입니다. 포기한 사람들은 보이지 않더군요.

참, 산에 올라갈 때는 밤에 올라가면 덜 힘든 것처럼 느껴지긴 하더군요. 눈에 뵈는 게 없어서 그럴까요? 성능 좋은 헤드랜턴을 비추고 가도 그렇던데……

나는 편의점에 간다

김애란

나는 편의점에 간다. 많게는 하루에 몇번, 적게는 일주일에 한 번 정도 나는 편의점에 간다. 그러므로 그사이, 내겐 반드시 무언가 필요해진다.

(…)

큐마트에 다니면서 내가 한 가장 큰 착각은 푸른 조끼의 청년과 사적인 말을 하지 않으므로 내 사생활이 전혀 드러나지 않을 것이라고 생각한 데 있었다. 내가 아는 한 큐마트는 '어서 오세요'와 '감사합니다'의 세계였다. 그의 관심은 그가 파는 물건에, 나의 관심은 내가 사는 물건에 있어야 마땅했다. 그런데 큐마트를 오래 다니다보니 나는 뜻밖에 의도하지도 원하지도 않은 내 정보들이 매일매일 그가 들고 있는 바코드 검색기에 찍혀나가고 있다는 것을 깨달았다. 예컨대 그는 나의 식성을 안다. 대여섯 종류의 생수 중 내가 어떤 물을 가장 좋아하는지, 자주 사가는 요구르트가 딸기맛인지 사과맛인지, 흑미밥과 쌀밥 중 무엇을 더 선호하는지 등을 말이다. 원한다면 그는 내 방의 크기도 추측할 수 있다. 쓰레기봉투를 매번 10리터를 사가는 나는 결코 큰 방에 살고 있을 리 없다. 그는 나의 가족관계도 알 수 있을 것이다. 새벽마다 와서 햇반을 사가는 여자, 필수품을 스스로 사는 어린 여자, 젓가락은 한개만 가져가는 그 여자는 독신이리라. 그는 나의 고향을 안다. 편의점에 겨울옷을 정리한 택배를 부치러 갔을 때, 그는 수수료를 받으며 내 주소를 확인했다. (…) 그는 나의 식생활에서 성생활에 이르기까지 모두 '보고' 있다. 왜냐하면 편의점이란 모든 걸 파는 곳이기 때문이다. 큐마트는 나의 가장 오랜 단골이 된 덕에, 청년은 내게 단 한마디의 사적인 대화를 걸지 않고도, 나에 대해 그 어떤 편의점보다 많은 것을 알게 되었다. 그는 나도 모르는 나의 습관을 알고 있을지도 모른다.

(…)

나는 편의점에 간다. 다음날도, 그 다음날도, 나는 편의점에 간다. 그사이 그곳에선 어떤 사건도 일어나지 않았다. 큐마트의 푸른 조끼의 청년이 몇번 바뀌었으나 그곳의 남자들은 항상 푸른 조끼를 입고 있으므로 상관없다. 몇번 더 휴대폰을 충전하러 갔으나, 사장들은 충전기를 없애고, 일회용 배터리를 들여놓았다. 몇번의 폭설이, 장마가, 안개가 있었으나 그것은 원래 그런 것이므로 상관없다. 이따금 '말'이 듣고 싶을 때 당신은 수다쟁이 사장이 있는 세븐일레븐으로 가라. 비디오방에서 서로를 안았던 어린 연인을 퇴학시킨 선생은 컵라면을 사먹고, 아이를 지우게 한 남자는 목이 말라 맥주를 사러왔고, 아직도 아버지께 꾸중 듣는 백수 청년은 오늘도 담배가 떨어졌을 것이다. 그리하여 아무 일도 일어나지 않은 것에 대한 이 기록은 마침내 시시해진다.

한번도 휴일이 없었던 그곳에서 나는—나의 필요를 아는 척해주는 그곳에서 나는—그러므로 누구도 만나지 않았고, 누구도 껴안지 않았다. 내가 편의점에 갔던 그사이, 나는 이별을 했고, 찾아갔고, 내가 누군가를 죽일 수도 있는 사람이라는 것을 깨달았다. 그러나 이 모든 것을 아무도 알지 못한다. 그 거대한 관대가 하도 낯설어 나는 어디를 봐야 할지 몰라 서성이고 있다. 당신이 만약 편의점에 간다면 주위를 잘 살펴라. 당신 옆의 한 여자가 편의점에서 물을 살 때, 그것은 약을 먹기 위함이며, 당신 뒤의 남자가 편의점에서 면도날을 살 때, 그것은 손을 긋기 위함이며, 당신 앞의 소년이 휴지를 살 때, 그것은 병든 노모의 밑을 닦기 위함인지도 모른다는 것을. 당신은 이따금 상기해도 좋고 아니래도 좋다. 큐마트, 세븐일레븐, 패밀리마트는 모른다. 편의점의 관심은 내가 아니라 물이다, 휴지다, 면도날이다. 그리하여 나는 편의점에 간다. 많게는 하루에 몇번, 적게는 일주일에 한번 정도 나는 편의점에 간다. 그리고 이상하게도 그사이, 내겐 반드시 무언가 필요해진다.

『달려라, 아비』, 창비 2005

　편의점은 이제 도시인, 아니 현대인에게 없어서는 안될 '편리와 필요'의 저장고, 무소부재의 상징이 되어버렸습니다. 편의점은 대자본의 체인점이 대부분입니다. 자본은 상품에 바코드를 찍고 바코드 찍힌 상품을 사는 사람들의 성향을 탐지해내는 능력을 가지고 있습니다. 탐지를 하면 그 정보를 어떤 식으로든 활용하겠지요. 과묵한 척, '안녕하세요'와 '감사합니다'로 위장한 채.

　그런데 우리의 대응전술은 낯선 얼굴로 그 누구도 아닌 체하면서 서성거리는 것밖에 없는 것일까요? 우리 존재 자체가 스스로에게 낯설어지고 불편해지는데도?

푸른 사과가 있는 국도

배수아

"그 존재에 치열하게 연연하지 않던 연인이라 할지라도 헤어지고 집으로 돌아오고 나면 그렇게 생각날 수가 없더라. 전화가 기다려지고."

대학에 다니고 있을 때 이웃에 살던 사촌은 저녁을 먹으러 놀러와선 내 방에서 이렇게 속삭이곤 하였다. 사촌은 화장을 하고 수입브랜드의 스웨터를 입고 있었다. 나와 동갑인 그녀는 남자들이 사귀고 싶어하는 여학생이었고 날이 갈수록 거울 앞에서 보내는 시간이 길어지는 중이었다. 안방에는 TV에서 연속극 소리가 요란하고 오빠는 아직 돌아오지 않고 있었다. 은경은 저녁을 먹고 화실에 가야 한다며 옷을 갈아입고 있었다. 사촌은 새로 데이트를 시작한 의대생에 관해서 쉴 새 없이 말한다. 그는 우등생인데다가 멋있고 키가 180쎈티나 되는데다가 아주 분위기 있는 저음의 목소리를 가졌다 한다. 나는 그녀와 같이 침대 속에 기어들어가서 이불을 뒤집어쓰고 한번도 본 일이 없는 그에 관하여 같이 생각하였다. 가방을 챙겨들고 집을 나가면서 은경은, 나는 절대로 언니들처럼 남자애들 얘기나 하고 그러지 않을 거야, 하고 말한다. 커다랗게 틀어놓은 연속극 소리는 좁은 집 안에 가득하였다. 한명의 아름다운 소녀가 꿈속에 그리던 황홀한 남자를 만났는데 그는 유부남이었다. 아름다운 소녀와 그 남자의 부인은 괴로워하면서도 한 남자를 차지하기 위해서 경쟁을 하는데, 남자는 아무것도 하지 않고 담배를 피우고 밤에는 술을 마신다. 거실에서 혼자 술을 마시는 남자에게 그의 조그만 딸이 다가와, "아빠 왜 술을 마시는 거야" 하니까 "응, 괴로워서 마신다. 이 세상에 내 괴로움을 알아주는 사람은 하나도 없다. 너는 나중에 엄마처럼 그러지 말아라" 한다. 한번도 본 일은 없지만 주말 저녁에는 언제나 집 안에 그들의 대사가 가득하기 때문에 나는 그들의 이야기를 다 안다. 월요일날 학교에 가면 여자아이들이 강의실에서 종이컵에 든 커피를 마시면서 그 연속극 얘기를 하고 있기도 하였다.

"그애와 결혼하면 참 괜찮을 거라는 생각이 들기도 한다."

사촌은 투명한 매니큐어를 손톱에 바르면서 말한다.

"만난 지는 얼마 안되었지만 내가 어디서 또 그런 애를 만날 수 있을까 싶다. 엄마도 은근히 좋아한다 너. 전화 오면 빨리 바꿔주고 지난주에는 원피스도 사주더라. 아빠는 데모만 안하면 누구든지 좋댄다."

그러던 사촌은 정말로 그 남자애와 결혼하여서 내 앞에 나타났다. 나는 그녀가 위대해 보이기도 하고 또는 아무런 상관이 없는 낮선 남같이 보이기도 하였다.

『20세기 한국소설』 50권, 창비 2006

통속의 허구성을 날카롭게 지적한다는 표현이 이 대목에 딱 맞는다고 할 수는 없겠습니다만 연속극의 그 남자, 결코 행복할 수 없을 것이라는 것에는 백 퍼쎈트 공감. 강의실에서 여자아이들이 마시는 '종이컵에 든 커피', 의대생 남자친구에 대해 말하면서 사촌이 바르는 '투명한 매니큐어'는 연속극처럼 일회적이면서 또 시대를 넘고 국경을 넘어서 일상에서 재현되는 끈질긴 생명력을 보여줍니다.

후일담 : '사촌의 그 멋진 의대생은 결혼 후에도 그녀를 사랑하고 꽃과 보석을 프레젠트하고 주말에는 진보적 성향의 연극을 보러' 다녔답니다. 학교 다닐 때 데모는 안했다지만.

이나의 좁고 긴 방

김사과

언제나처럼 할머니는 깊이 잠들었고, 이나는 먼 창밖을 본다. 거기엔 여전히 짓다 만 거대한 진회색 시멘트 건물이 놓여 있고 문득 이나는 자신의 삶이 그 건물처럼 짓다 만 채로, 거대하게, 뿌연 안개 속에 덩그러니 놓여 있다는 것을 깨닫는다. 해가 낮게 드리워져 이나의 그림자가 좀더 길게 늘어지고 다시 이나의 목소리가 들려온다.

—머지않아 흉한 시멘트 덩어리는 값비싼 브랜드의 아파트로 완성이 되겠죠. 그러나 나의 삶은 여전히 뿌옇게 모호한 채로 거대하게 남아 있겠죠. 저 빼곡한 창문들 그중에 내 것이 될 창문은 하나도 없어요. 나는 저것들 중 어느 하나도 소유하지 못한 채로 그러나 저것들과 함께 늙어갈 거예요. 여기 내 부모의 아파트도 언젠가 빛나는 브랜드의 순간이 있었을 테지만 나는 단 한순간의 빛나는 순간도 없이 조금씩 낡아가고 바래가는 것밖에는 없어요. 시간이 지나 천천히 부식이 시작되겠죠. 지금은 해가 떠 있는 시

간이라 괜찮지만 곧 밤이 찾아와 해가 지면 천천히 어둠속으로
가라앉게 될 거예요. 어둠 너머로 뻗을 손은 없겠죠. 나의 손은
회색 승용차 아래 깔려 천천히 말라비틀어질 테니까요. 빛나는
것들은 벽에 걸린 옷들뿐이라서 그것들도 금세 회색 먼지를 뒤집
어쓰고 볼품없어지겠죠. 그래 나는 늙고 추한 할머니가 될 거예
요. 그게 나의 위안이에요. 저 멀리 놓여 있는 수천 개의 아파트
들 그것들도 곧 버려져요. 나처럼이요. 내가 가진 것들 내가 먹는
것들 내가 가는 학교 그리고 내가 자주 보는 텔레비전의 일일연
속극과 잠자는 내 방의 할머니 그리고 가장 중요한 옷, 옷들 모혼
방 니트 카디건 블랙 미니스커트 레깅스 캐시미어 목도리 씰크로
된 원피스 와인색 빅백.

『현대문학』, 2007년 3월호

어떤 시대라도 그 시대를 대표하는 노래를 가지고 있습니다. 굳이 시대를 대표하거나 대변하지 않더라도 노래는 언제나 존재하는 법이고요. 어떤 시대를 지나고 나서 우리는 그때를 잊을 수도 있습니다. 노래는 남지요. 한 시대가 어떻게 변화했는지 기억하지 못할 수 있습니다. 어떤 시대든 변화한다는 것, 그 진실은 남지요.

이 소설을 읽으면서 저는 한 시대가 고래처럼 노래하고 있다고 느낍니다. 참, 고래는 노래를 하지 않나요? 늑대라도 상관없습니다만. 또한 지나간 제 이십대가 이 소설의 주인공과 대화하고 싶어한다는 걸 느낍니다.

별을 사랑하는 마음으로

윤후명

그다음 과제는 그림 보고 느낌 말하기였다. 의사는 가방 속에서 다른 책자를 꺼내 이쪽저쪽 펼쳐보았다. 그것은 아무런 구체적 형상도 아닌 부정형의 형상으로서, 말하자면 제멋대로 된, 그림 아닌 그림이라고 하는 게 옳을 것이었다. 의사 역시 이건 정답은 없는 거라고 안심을 주기도 했던 것이다.

"박쥐…… 나비…… 골반…… 바다 속…… 사원……"

나는 그야말로 느낌을 말하려고 애썼다. 정답이 없다고 했어도, 아니 정답이 없다고 했기 때문에, 그것은 더 어려운 문제였다. 정답이 있었다면 모른다고 해도 그만일 텐데 어쨌든 무엇인가 자신의 견해를 밝혀야 한다는 것이 그토록 어려운 일임을 나는 그때 처음 알았다. 그런데도 내가 하나하나 말할 때마다 의사는 무엇인가 차트에 꼬박꼬박 적어넣는 것이었다. 의사가 적어넣는 것을 보며 나는 그가 내 존재의 비밀을 나보다 더 잘 알고 있으리라는 기분 나쁜 느낌에 사로잡히기까지 했다. 끔찍한 일이었다.

　몇개의 그림을 그리고 생각을 말하고 하는 동안 나는 마치 산 채로 회를 떠 살이 다 발라내지고 앙상한 뼈만 남은 생선 꼴이 되었다는 느낌이었다. 언젠가 거제도에 갔을 때 낚시꾼 사내가 갓 잡은 물고기를 회를 치는 것을 본 적이 있었다. 살은 말끔히 발라내고 머리와 꼬리와 뼈만 남은 것을 사내는 바위 밑 바닷물에 휙 던져버렸다. 거기까지는 나는 그저 그러려니 하고 재미있게 보았다. 그와 함께 나는 내 눈을 의심했다. 그 뼈만 남은 물고기가 꼬리지느러미만을 부지런히 양옆으로 움직여 저쪽 물 가운데로 도망쳐가는 것이었다. 그제서야 낚시꾼 사내도 어 저놈 봐라 하면서, 허허허 어이없는 웃음을 내게로 날렸다. 나는 마지못해 따라 웃기는 했던 것 같다. 그러나 그것은 기어코 내가 못 볼 것을 보았구나 하고 낙담하고 있는 모습을 그에게 보이기 싫어서 웃어준 웃음이었다.

『여우사냥』, 문학과지성사 1997

　뼈만 남은 물고기는 어디로 갔을까요? 혹시 친구들이 알아봐주었을까요? 친구들은 동정을 했을까요, 낙담을 숨겼을까요, 어이없어 했을까요, 웃었을까요? 정답은 없습니다. 정답이 없기 때문에 더 어려운 질문입니다. 이런 질문이 내게 무슨 상관이냐,라는 말을 한마디로 하자면?

　………

　이 소설의 앞부분에 정답이 있습니다. 집어쳐.

목란식당

전성태

바론두룬잠 거리에 들어섰을 때는 정면에서 해가 졌다. 목란식당이 든 건물 창가로 두 개의 현수막이 길게 드리워져 있었다.

'조선의 넘버원, 경력 30년의 공훈 랭면료리사 드디어 몽골 상륙!'

'새롭고 귀여운 접대원 처녀들의 최상의 써비스!'

그건 몇달 전부터 교민신문에 난 광고문구이기도 했다. 비수기를 맞아 교민들을 끌어들이기 위한 목란 나름의 고육지책인 것 같았다. 처음 교민신문에 목란의 광고가 실렸을 때 나는 촌스러운 느낌에 한참 웃었다. 삼촌은 꽤 감격스러운 눈치였다. 교민신문에 북한식당의 광고가 나왔다는 사실 자체가 신선하다고 했다.

"얼마나 보기 좋냐? 이런 데 나란히 실리니까 한 동포라는 게 실감나지 않니?"

"식당은 식당이지, 뭘."

(…)

"북측 동포들은 우리를 너무 몰라. 우리가 세금을 얼마나 많이 바쳐서 북으로 보내는 줄 모를 거야. 동포들을 위해서 군소리 없이 보낸단 말이야. 근데 당신들은 그걸 모르는 것 같애. 아, 속상해요.”

“고만 일어나시디요.”

춘심 처녀가 간청하듯 손을 뻗으며 말했다. 사내는 손사래를 쳤다.

“아니, 아니. 왜 자꾸 내몰려고 그래? 여기 식당 아니야?”

(…)

“허허, 여긴 그저 밥 먹는 식당입니다.”

삼촌이 두 손을 다독이는 몸짓을 했다.

“식당이니까 내 하는 말이오. 성도 여러분, 우리는 오늘 불경한 음식을 먹고 말았습니다. 모두 나갑시다.”

교인들이 목사를 따라 우르르 몰려나갔다.

(…)

여사장이 울상이 되어 허리를 굽실거렸다.

“정말 죄송합네다. 우리는 그저 흔들림 없이 최상의 맛과 써비스로 조국의 요리를 선사하도록 노력하겠습니다.”

“아, 그 앵무새 같은 소리 좀 그만둬요!”

박사장이 의자등받이에서 외투를 낚아채서 식당을 빠져나갔다. 삼촌과 나도 주섬주섬 옷을 챙기고 달러를 테이블 위에 올려놓았다.

(…)

"아이고, 시국이 어수선하니 냉면 한 그릇 먹기도 고되네."

삼촌이 숨을 몰아쉬며 말했다.

"글쎄 말이에요. 목란은 그냥 식당인데……"

나는 바람에 펄럭이는 현수막을 올려다보았다. 공훈 냉면 요리사가 오지 않아서 이 모든 분란이 일어난 것처럼 불현듯 나는 그가 원망스러웠다.

『창작과비평』, 2006년 겨울호

소설 속 몽골의 수도 울란바타르에 있는 식당으로 북한에서 직영하는 곳입니다. 그곳에 드나드는 사람들 대부분은 교민이거나 남한에서 간 여행객들이지요. 어떻든 음식을 만들어 팔고 돈을 받는 식당임에는 틀림없습니다. 그러니까 여러 사람들이 여기가 식당 아니냐, 식당은 식당이다, 식당이니까 이런 말을 한다, 목란은 그냥 식당인데, 라고 하는 것이지요.

그런데 막상 목란식당에서 내세우는 냉면을 먹기는 어렵고 고된가봅니다. 식당이라면 반드시 있어야 할 요리사, 그것도 평양 옥류관에서 온 공훈 요리사가 없어서 사단이 벌어지고 있습니다. 그러나저러나 찬바람이 부니 냉면 생각이 간절해지는군요. 담담한 '북측의 랭면' 맛도 그리워지고요.

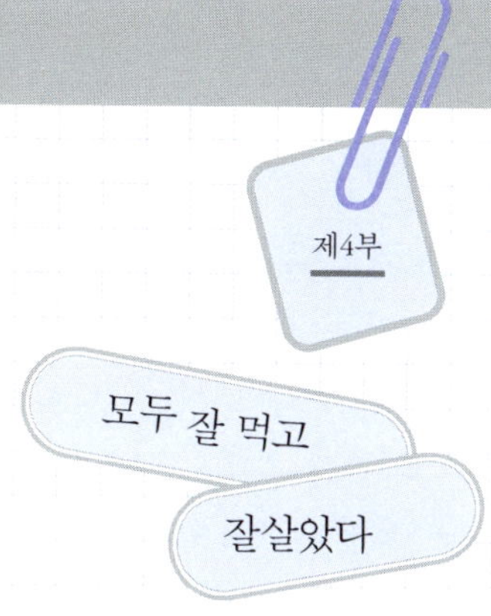
제4부

모두 잘 먹고

잘살았다

마지막 편지 遺稿

전혜린

장 아제베도에게

1965년 1월 6일, 새벽 4시.

어제 집에 오자마자 네 액자를 걸었다. 방 안에 가득 차 있는 것 같은 네 냄새.

네 글(내가 무엇보다도 사랑하는).

갑자기 네 편지 전부(그중에서도 내가 제일 좋아하는 것들)를 벽에 붙이고 싶은 광적인 충동에 사로잡혔다.

나는 왜 이렇게 너를 좋아할까? 비길 수 없이.

너를 단념하는 것보다는 죽음을 택하겠어.

너의 사랑스러운 눈, 귀여운 미소를 몇시간만 못 보아도 금단현상(아편 흡입자들이 느낀다는)이 일어나는 것 같다.

목소리도 좀 들어야 가슴에 끓는 뜨거운 것이 가라앉는다. 너의 똑바른 성격, 거침없는 태도, 남자다움, 총명, 활기, 지적 호기심, 사랑스러운 얼굴……

나는 너의 모든 것을 사랑한다(Ich liebe alles an dir).

내가 이런 옛날 투의 편지를 쓰고 있는 것이 좀 쑥스럽고 우스운 것도 같다.

그렇지만 조르쥬 쌍드(G. sand)가 뮈쎄(Musset)와 베니스에 간 나이인 것을 생각하면 아직도 나는 좀더 좀더 불태워야 한다고 분발(?)도 해본다.

나의 지병인 페씨미즘(Pessimismus)을 고쳐줄 사람은 너밖에 없다.

생명에의 애착을 만들어줄 사람은 너야. 오늘밤 이런 것을 읽었다. '사랑? 사랑이란 무엇일까? 한개의 육체와 영혼이 분열하여 탄소, 수소, 질소, 산소, 염, 기타의 각 원소로 환원하려고 할 때 그것을 막는 것이 사랑이다.' 어느 자살자의 수기 중의 일구야.

장 아제베도!

내가 원소로 환원하지 않도록 도와줘! 정말 너의 도움이 필요해.

나도 생명 있는 뜨거운 몸이고 싶어. 가능하면 생명을 지속하고 싶어.

그런데 가끔가끔 그 줄이 끊어지려고 하는 때가 있어. 그럴 때면 나는 미치고 말아. 내 속에 있는 이 악마(Totessehnsucht)를 나도 싫어하고 두려워하고 있어. 악마를 쫓아줄 사람은 너야. 나를 살게 해줘.

『그리고 아무 말도 하지 않았다』, 민서출판사 2004

　　글을 읽고 나서 내면에서 무엇인가 들끓는 듯한 이 느낌은 무엇에서 기인할까요. 불완전하고 짧은 문장 때문일까요? 편지를 쓰고 있는 사람의 가쁜 숨결이 느껴져서일까요?

　　'나도 생명 있는 뜨거운 몸이고 싶어'라고 쓰고 있는 사람의 글이야말로 뜨겁습니다. 원자의 핵이 분열되고 융합할 때 에너지가 발생하듯 무엇인가 깨져나가고 이질적인 존재가 하나로 융합되면서 글자 하나하나, 문장 하나하나가 뜨겁게 발열하고 있습니다. 이 글을 읽으면서 문득, 문학이란 거기에 종사하는 사람들이 스스로의 존재를 녹여서 불을 밝힌 초 같은 게 아닌가 싶은, 다소간 비장한 생각이 듭니다.

　　또 하나의 계절이 깊어가는군요. 저녁 거리에 서서 가로등이 툭, 툭 켜지는 순간을 보고 있을 수 있겠습니다.

눈사람 속의 검은 항아리

김소진

손오공이 부리는 조화를 기대하며 입속으로 주문을 반복해서 외었다. 그러고는 고개를 홱 돌려 깨진 단지를 내려다보았다. 주문이 헛되지 않았는지 내 입가에 기쁨의 미소가 어렸다. 깨진 단지는 그 모양 그대로였지만 어떤 기발한 생각이 별똥별처럼 머릿속을 스치고 지나갔기 때문이었다. 그렇다 눈사람이다! 나는 가슴이 터질 듯 기뻐 하늘을 향해 두 팔을 쫙 벌렸다. 일단 이 아침만큼은 별일 없이 맞이할 수 있겠지. 나는 장갑도 끼지 않은 손으로 서둘러 주위의 눈을 긁어모으기 시작했다. 마침 찰기가 좋은 눈이어서 손이 한번 닿을 때마다 흙 알갱이가 알알이 박힌 눈덩이들이 붙어올라왔다. 나는 우선 항아리 주변에 눈사람의 아랫부분을 뭉쳐놓았다. 그러고는 조금 작은 눈덩이를 서둘러 올려놓았다. 그렇게 해서 깨진 단지를 감쪽같이 눈사람 속에 집어넣을 수 있었던 것이다.

(⋯)

그 현장을 더이상 지킬 수 없었던 나는 그날 하루 동안의 가출을 감행하지 않을 수 없었다. 왜냐하면 눈사람 속에 감춰진 비밀이란 영원할 수가 없어서 반나절만 지나면 오후의 찬란한 햇빛 아래 만천하에 드러나게 마련이기 때문이었다. 비밀이란 햇볕을 피해 곰팡이가 피도록 묻혀 있어야 제격인데, 기껏 푸석푸석한 눈덩이에 휩싸인 비밀이란 애초 성립하기 어려운 것이었다.

그 하루 동안 나는 주로 더러운 곳만 골라서 돌아다녔다. 개똥 천지인 돌산 길을 돌아나와, 눈이 녹아 질척거리는 시장 거리, 연탄재가 어지럽게 뒹구는 인수교회 뒤쪽의 좁은 골목들을 혼자 떠돌다 딱총용 화약이 숭숭 박힌 종이를 두 장 사서 차돌로 터뜨린 다음 콧방울을 벌름벌름하며 한껏 화약내를 맡았다. 가끔 아버지의 아티반을 사러 가는 불란서약국 뒤의 연탄가스 냄새가 눈을 찌르는 어두운 단골 만홧가게에서 호주머니를 탈탈 털어 성인만화를 보며 지금쯤 녹아내렸을 눈사람에 대해 서너 번 생각했다. 마지막 만화책을 처음부터 세 번이나 되풀이 보고 덮고 나올 때 연탄난로 위에 끓고 있는 떡볶이를 보며 후회했다.

(……)

그러곤 어느덧 해질녘…… 이미 비밀이 다 까발려졌을 아홉 가구 집으로 돌아갔다. 대문간 앞에서 나는 심호흡을 몇번이고 했다. 엄마한테 연탄집게로 맞으면 안되는데 싶은 생각뿐이었다. 하지만 내가 대문간 앞을 흐르는 시궁창을 가로지르는 돌다리를 건너갔지만 아무도 나를 보고 아는 체하는 사람이 없었다. 내게 일제히 안됐다는 시선을 던지며 몰려들었어야 할 사람들이 평소와 다름없이 냄비를 들고 왔다갔다했고, 문짝에 기대 입을 가리고 웃었으며, 수돗가에 몰려나와 쌀을 일며 화기애애하게 얘기를 나누고 있었다. 심지어 수돗가에서 시래기를 다듬다 마주친 엄마도 너 점심 굶고 어디 갔다 왔니, 하는 지청구조차 내리지 않았다. 나는 무척 혼돈스러웠다. 사람들이 나를 더 곤혹스럽게 만들기 위해 일부러 짜고 그러는 것도 같았다. 나는 얼른 눈사람을 천연덕스럽게 세워두었던 변소통 쪽을 돌아다보았다. 거기엔 아무것도 없었다. 눈사람은 깨끗이 치워져 있었다. 물론 흉측한 몰골을 드러내고 있어야 할 짠지 단지도 눈에 띄지 않았다. 도대체 무슨 일이 일어난 것일까?

　나는 나를 둘러싼 세계가 너무도 낯설게 느껴졌다. 내가 짐작하고 또 생각하는 세계하고 실제세계 사이에는 이렇듯 머나먼 거리가 놓여 있었던 것이다. 그 거리감은 사실 이 세계는 나와는 상관없이 돌아간다는 깨달음, 그러므로 나는 결코 주변으로 둘러싸인 중심이 아니라는 아슴푸레한 깨달음에 속한 것이었다. 더이상 나를 상대하지도 혼내지도 않는 세계가 너무나 괴물스럽고 슬퍼서 싱거운 눈물이라도 흘려야 직성이 풀릴 듯했다. 하긴 눈물 서너 방울쯤 짜내는 것은 일도 아니었으니까. 난 시래기 줄기가 매달린 처마 밑에 서서 몇방울 떨구며 소리없이 울었다. 차라리 그 깨진 단지라도 제자리를 지키고 있었다면 혼은 나더라도 나는 혼돈스럽지도 불안해하지도 않았을 것 아닌가.

"뭘 잘했다고 소리없이 눈물을 꼭꼭 짜니? 정초부터 에밀 못 잡아먹어서 그러니? 넉살 좋게 단지를 깨뜨려 눈사람 속에 파묻을 생각은 어찌 했담."

엄마가 물에 젖은 손으로 내 볼따구니를 야무지게 잡아 비틀며 어이가 없다는 듯 픽 웃음을 지었다. 그 얼얼함이 내 균형감각을 바로잡아주었다. 아주머니들의 웃음소리 사이에서 나는 울음을 딱 그쳤다. 그러고는 어른처럼 땅을 쿵쾅거리며 뛰쳐나와 이 골목 저 골목을 헤집으며 어딘가를 향해 가슴이 터져라고 마구 달리고 또 달렸다. 그렇게 컸다.

『눈사람 속의 검은 항아리』, 강 1997

어린 시절, 뭔가 잘못을 저지르고 집을 나가서 불안스럽게 놀고 온 기억이 있으시지요? 혼자 놀던 장소가 어딘지 어둡고 음습하고 사람들이 많지 않으면서도 가지 않을 수 없는 곳이 아니던가요? 불안하게 놀 때 발바닥이 미끄럽게 겉도는 듯한 느낌, 아시지요? 차라리 누군가 내 볼따구니를 야무지게 잡아 비틀어주면 좋을 텐데. 그 얼얼함이 우리의 균형감각을 바로 잡아줄 텐데. 아이는 어른의 아버지라고 누군가 말했습니다만 유년기는 성년기의 아버지인 것 같습니다.

무진기행

김승옥

무진으로 가는 버스

버스가 산모퉁이를 돌아갈 때 나는 '무진 Mujin 10km'라는 이
정비(里程碑)를 보았다. 그것은 옛날과 똑같은 모습으로 길가의
잡초 속에서 튀어나와 있었다. 내 뒷좌석에 앉아 있는 사람들 사
이에서 다시 시작된 대화를 나는 들었다. "앞으로 십 킬로 남았
군요." "예, 한 삼십분 후에 도착할 겁니다." 그들은 농사 관계의
시찰원들인 듯했다. 아니 그렇지 않은지도 모른다. 그러나 하여
튼 그들은 색무늬 있는 반소매 셔츠를 입고 있었고 데드롱직(織)
의 바지를 입었고 지나쳐오는 마을과 들과 산에서 아마 농사 관
계의 전문가들이 아니면 할 수 없는 관찰을 했고 그것을 전문적
인 용어로 얘기하고 있었다. 광주(光州)에서 기차를 내려서 버스
로 갈아탄 이래, 나는 그들이 시골사람들답지 않게 낮은 목소리
로 점잔을 빼면서 얘기하는 것을 반수면(半睡眠) 상태 속에서 듣
고 있었다. 버스 안의 좌석들은 많이 비어 있었다. 그 시찰원들의

말에 의하면 농번기이기 때문에 사람들이 여행을 할 틈이 없어서라는 것이었다. "무진엔 명산물이…… 뭐 별로 없지요?" 그들은 대화를 계속하고 있었다. "별 게 없지요. 그러면서도 그렇게 많은 사람들이 살고 있다는 건 좀 이상스럽거든요." "바다가 가까이 있으니 항구로 발전할 수도 있었을 텐데요?" "가보시면 아시겠지만 그럴 조건이 되어 있는 것도 아닙니다. 수심이 얕은데다가 그런 얕은 바다를 몇백리나 밖으로 나가야만 비로소 수평선이 보이는 진짜 바다다운 바다가 나오는 곳이니까요." "그럼 역시 농촌이군요." "그렇지만 이렇다 할 평야가 있는 것도 아닙니다." "그럼 그 오륙만이 되는 인구가 어떻게들 살아가나요!" "그러니까 그럭저럭이란 말이 있는 게 아닙니까!" 그들은 점잖게 소리내어 웃었다. "원, 아무리 그렇지만 한 고장에 명산물 하나쯤은 있어야지." 웃음 끝에 한 사람이 말하고 있었다.

무진에 명산물이 없는 게 아니다. 나는 그것이 무엇인지 알고 있다. 그것은 안개다. 아침에 잠자리에서 일어나서 밖으로 나오면, 밤사이에 진주해온 적군들처럼 안개가 무진을 뼹 둘러싸고 있는 것이었다. 무진을 둘러싸고 있는 산들도 안개에 의하여 보이지 않는 먼 곳으로 유배당해버리고 없었다. 안개는 마치 이승에 한(恨)이 있어서 매일 밤 찾아오는 여귀(女鬼)가 뿜어내놓은 입김과 같았다. 해가 떠오르고, 바람이 바다 쪽에서 방향을 바꾸어 불어오기 전에는 사람들의 힘으로써는 그것을 헤쳐버릴 수가 없었다. 손으로 잡을 수 없으면서도 그것은 뚜렷이 존재했고 사람들을 둘러쌌고 먼 곳에 있는 것으로부터 사람들을 떼어놓았다. 안개, 무진의 안개, 무진의 아침에 사람들이 만나는 안개, 사람들로 하여금 해를, 바람을 간절히 부르게 하는 무진의 안개, 그것이 무진의 명산물이 아닐 수 있을까!

『무진기행』, 문학동네 1995

알고 보면 우리는 언제나 어디론가 향하고 있습니다. 우리의 소설사에서 가장 인상적인 장면 가운데 하나인 김승옥의 「무진기행」, 그 첫대목을 보면서 든 생각입니다.

우리가 아침과 저녁 한밤중을 가리지 않고 양식을 일용하듯 바라고 가는 곳은 언젠가 우리가 떠나온 곳일 수 있습니다. 우리가 앉았던 자리, 또 우리가 바라고 가는 곳, 그곳의 특산물, 명산물은 무엇일까요? 헛개나무, 오미자, 취나물, 마른오징어 그런 거는 말고. 귀신이 뿜어내놓은 입김이라도.

전갈

김원일

"강재필이 왔습니다." 나는 벙거지 벗고 나회장에게 머리를 숙였다.

"얼마 만인가. 강박, 반갑네."

나회장의 쉰 목소리는 힘이 없었다. (…)

"나는 강박이 큰 그릇이라구, 여기 애들한테 늘 말했지. 학식 있고 의리 있는 남자라구. 강박은 치밀하고 다이내믹한 데가 있지." 나는 잠자코 있었다. "삼년 동안 나를 원망했지?"

"아닙니다." 갑자기 머리가 패었다.

"조부가 일제 때 행세깨나 해서 동대문 밖에 늘린 땅이 많았지. 부친이 해방 후 정치판에 뛰어들어 원남동 서른세 칸 집까지 날렸으니……" 나회장이 느직하게 회고담을 늘어놓았다. "군인들 세상이 되자 집안이 아주 기울었어. 그래서 밖으로 겉돌게 된 내 청소년시절 나도 적잖게 고생깨나 겪었지."

나회장이 조부가 친일파라고 대놓고 말하지 않았으나, 그의 말이 내게는 충격적이었다. 나는 나회장 부친 이야기를 감방에서 들

은 적 있었으나 조부 이야기는 처음 듣는 셈이다. 나의 할아버지
는 나회장 조부가 영화를 누렸던 식민지 시절에 무엇을 했던가.
나회장과의 인연이 어떤 숙명으로 맺어졌다는 느낌이었다. 찬물
을 뒤집어쓴 듯 눈앞이 어리벙벙했다. 분노가 아닌 비애가 마음
을 서늘히 적셨다.

"따지고 보면 나도 죄 많은 놈이야. 요즘 들어서야 그런 생각
이 부쩍 들어. 조상 잘못 둬서인지 못할 짓도 많이 했구……" 나
회장이 말꼬리를 늦추었다. "명동 바닥 사보이호텔을 무대로, 김
상사파 밑에서 배짱 키워온 세월이 까마득하구먼. 나도 나이 먹
었구 운이 다했어. 여기 나 믿고 따라온 식구들 한살림 차려주고
난 아주 물러앉을까봐."

"회장님, 무슨 그런 말씀을요. 어떻게 일으킨 사업이신데. 시
장경제가 지배하는 한, 우리 기업은 계속 성장할 겁니다." 나회
장 가까이에 앉은 작달막한 쉰 초반이 말했다.

"사방에서 돌팔매질하는데 성장중이라구? 무슨 쓸데없는 소
리." 나회장이 짚고 있던 지팡이로 바닥을 쿵쿵 쳤다. "자네들 다
나가 있어!"

나회장 말에 여섯이 목례를 하곤 물러났다. 방을 나서는 그들
걸음걸이가 조심스러웠다. 나회장, 김부장, 나만이 남았다.

"강박, 듣자 하니 독립운동한 조부에 대해서 뭘 쓴다며?"

"그렇습니다."

“그런데도 내 일 맡을 수 있어?”

나는 잠자코 있었다.

“다 지난 일이야. 지나고 보면 세상일이 다 그래. 피도 물에 섞이면 물이 돼. 당대에는 원수라도 다음 대에선 화해하구, 혼사가 맺어져 양가 피가 섞이구……” 나회장이 한숨을 깔았다. “강박, 요즘도 불면증 앓아? 뽕은 안하구?”

“그건 벌써 끊었습니다.”

“이번 일 생각하면 통 잠을 이룰 수 없어. 이리 오게. 강박 손 한번 잡아봄세.”

배낭을 벗어놓고 나회장 앞으로 다가갔다. 그가 휠체어에 앉아 있으니 키가 큰 나는 무릎을 꿇을 수밖에 없었다.

“이번 일을 꼭 자네에게 맡기고 싶어 김부장을 밀양까지 보냈지.” 나회장이 떨리는 목소리로 물었다. “나를 위해 이번 일 맡아줄 테지?”

문득 영화 「대부」가 생각났다. 휠체어 탄 말론 브랜도 앞에 아들 알 파치노가 무릎꿇어 사업을 전수받는 꼴이었다. (…) 내 처지는 사업이 아니라 청부살인교사였다.

『전갈』, 실천문학사 2007

1945년 8월 15일, 해방의 날이 왔습니다. 조국의 광복을 위해 몸과 얼, 삶을 헌신한 지사들은 일제에 의해 일신은 물론 온 집안이 결딴나는 일이 태반이었습니다. 그렇다고 대한민국 정부가 수립된 후에 제대로 보상을 받은 것도 아니었지요. 세월이 지나고 나니 독립운동은 옛일이 되었고 남은 것은 가난과 헐벗은 아이들이었습니다.

일제 때 일본에 협력하여 영화를 누리거나 주구가 되었던 사람들은 가지고 있던 기득권과 '기술'을 이용하여 해방된 나라에서 계속 잘 살아갔습니다. 그들의 후손 역시 상대적으로 좋은 환경에서 교육을 받고 대를 이어 기득권층으로 살아갈 수 있었습니다. 그걸 잘못했다고 되돌리자는 건 아닙니다. 잊지는 말자는 것입니다.

이 소설에서 무명의 독립지사 후손이 친일파의 후손이며 부자이고 자본주의 체제가 지속되는 한 번영할 '사업'을 하는 사람 앞에 무릎을 꿇고 청부살인의 하수인이 됩니다. 하지만 마지막 순간 예기치 못한 반전이 있습니다. 그는 순진한 사냥꾼이 아니라 전갈이니까요.

내 아들의 연인

정미경

계산대 앞에서 카드를 꺼내는데 전표를 건너다보던 도란이 카운터 아가씨에게 묻는다. 짜장면 구천원 아니었어요? 카운터 아가씨가 친절하게도 대답을 했다. 부가세하고 봉사료가 붙었거든요. 아니, 짜장면 주제에 무슨 봉사료예요? 도란이 영 불편한 표정으로 묻는다. 도란이를 내 차에 태우고 근처의 백화점으로 간 건 짜장면에 무슨 봉사료냐고 묻는 도란이를 묘한 표정으로 쳐다보던 카운터 아가씨의 태도에서 뭔가 내 속을 건드리는 게 있었기 때문일까. 어린 사람에게 먼저 선물을 받으니 좀 그렇네, 하며 여성복 매장의 엘리베이터를 내려서며 옷을 하나 사주고 싶다고 했을 때도 도란이는 아까 카운터 앞에서와 같은 표정을 지으며 저, 이런 데서 옷을 안 사입거든요? 한다. 어른이 해주겠다면 고맙습니다 하고 받는 게 예쁜 거야, 하며 나는 앞장서서 걸었다.

백화점에 옷을 사러 갈 땐 동창회 갈 때만큼이나 공들여 화장을 하고 제대로 차려입고 나가야 한다는 말도 있지만 특히나 이 백화점은 분위기가 유난하다. 영캐주얼 매장에 들어가 도란이를 세워놓고서야 나는 그걸 새삼 깨닫는다. 똑같이 맨얼굴로 서 있어도 이 동네 사람과 다른 곳에서 온 사람의 피부는 때깔에서 차이가 난다. 맨발에 슬리퍼를 신고 나와도 이 동네 사람들과 아닌 사람들을 가려낼 수 있다. 그게 걸치고 있는 입성의 차이에서 나오는 느낌만은 아니라는 걸 나는 알고 있다. 뼛속 깊은 데서 나오는 다름,이라고 할 수 있을까. 도란이 나이는 남대문 좌판에서 산 옷을 걸쳐도 깜찍하고 눈부실 나이지만, 여기, 이곳에서는 아니었다. 졸지에 옷 하나 유행 따라 차려입지 못하는, 보살핌 없이 자란 처녀티를 내며 무르춤해서 서 있는 도란이 대신 내가 몇가지 옷을 골라봤다.

　이상했다. 커다란 인형처럼 현실성 없는 옷을 입혀놓은 마네킹 옆에서, 도란이는 어쩐지 눈에 안기는 구석이 없는 아이, 무얼 입혀도 때깔이 나지 않을 아이처럼 미워 보였다. 싫다고도 좋다고도 않는 도란이 어느 순간 무언가를 견디는 것 같은 표정을 지었을 때, 매장에서 옷 파는 주제에 도란이를 업수이 여기는 듯한 턱의 표정을 판매원에게서 읽었을 때, 나는 오기 같은 열심이 나서 행거를 뒤적이며 옷을 골라 이것저것 입혀보았다. 몇개를 갈아입혀보았는데도 어째 착 붙는 느낌이 오지 않았다. 노란색 계열이지만 지나치게 유아스럽진 않은 재킷을 골라 입어보라고 하자, 도란이는 거의 탈진한 듯한 표정으로 옷을 받아들었다. 그렇게 고른 데님바지와 면재킷을 입혀놓으니 밉진 않았다. 주차장으로 내려와 차를 타고 근처 지하철역에 내려줄 때까지 도란이는 아무 말도 하지 않고 앉아 있다가 내리면서 조그맣게 고맙습니다, 하고는 차문을 닫는다. 백미러에서 사라질 때까지 그 자리에 서 있는 게 보인다. 한숨이 나왔다.

『내 아들의 연인』, 문학동네 2008

　　서민의 딸과 부자의 아들이 연인이 됩니다. 그리고 서걱거림이 시작됩니다. 서걱거리는 소리는 빈부의 계층이 직접 맞부딪치는 데서 나오는 게 아닙니다. 그렇게 된다면 교양이 없는 것이겠지요. 오히려 부유층들의 문지기들이 '묘한' 표정으로, 부유층이 아닌 사람들을 분별해내고 '업수이 여기는 듯한 턱의 표정'을 짓는 데서 불화의 무늬가 생겨나는 것 같습니다.

　　이 불편함을 넘어서야만 빈부의 경계가 무너질까요? 한쪽은 오기 같은 열심이 나서, 한쪽은 탈진하도록 '나지 않는 때깔'을 견딥니다. 한쪽은 조그맣게, '고맙습니다'라고 인사하고 한쪽은 보내고 나서 한숨을 쉬네요. 아마도 작게.

　　마음과 관계의 무늬를 따라가는 눈길, 손길이 섬세합니다. '애인이여/멀리 있는 애인이여/이런 때는/허리에 감기는 비단도 아파라'(「무제1」)라고 한 박재삼 시인의 시가 생각납니다.

혼불

최명희

이처럼 크고작은 인간사에 달은 밀접하게 연결되어 있었다.

이중에서, 본디 음(陰)이라, 태음인 달의 딸들인 여인의 몸은 그 정기의 탯줄이 달에 닿아 있으니, 초순에 생긴 눈썹달이 날이 가면서 점점 차올라 보름에 이르러 천지를 월광으로 흥건히 적시고도 남을 만큼 두둥실 둥그런 만월이 되었다가, 넘치는 그 빛을 다 쏟고는 조금씩 이울어 작아지는 형상을 그대로 닮아, 달마다 새로이 몸 안에 한점 정혈(精血)을 모아 채운다. 그 피가 초생달 지나 반달 지나 보름달만큼 차오르면, 달의 인력에 끌리어 출렁이며 이윽고 음의 정(精)을 선홍으로 쏟아낸다.

(…)

이 정혈은 생명의 비밀이었다. 쏟지 않고 소중하게 모두면 그 피 속에서 한 목숨이 돋아나는 것이다. 그런데 이 정을 강력하게 흡인하여 끌어내 쏟거나, 가만히 몸속에 머물러 생명으로 어리게 하는 것은 오직 음의 어미, 달의 숨결이었다.

그래서 아들 낳기를 간절히 원하는 여인들은 몇날며칠 공을 들여 목욕재계하고 더러운 것을 피하며 마음을 정하게 하여 초열흘이 되기를 기다렸다가, 그 달 아래 서서 흡월정(吸月精)을 하였다.

한낱 인간의 몸속으로 저 우주의 광명인 달의 심오신묘한 정기를 그대로 빨아들인다는 것이 어찌 쉬운 일이리.

부디 아들 낳아지이다.

온 전신의 핏줄과 폐장에 오직 달이 가득 차기를 빌며 단전(丹田)에 힘을 모아 달을 들이켜는 여인의 곁에서, 지켜보는 사람이 한 숨통마다 벽력같이 손뼉을 따악, 치며 수를 크게 외어 세어주었다.

"한 숨통."

"……두 숨통."

부디 아들 낳아지이다.

그런즉 달은 모든 생산의 근원이요, 그 모태가 아니겠는가.

『혼불』, 한길사 1996

우주의 광명인 달과 인간의 정(精)이 자궁에서 만납니다. 우주를 배는 우주, 그것이 여성이며 생명의 비밀을 가만히 몸속에 갖추고서 목욕재계하고 더러운 것을 피하여 정한 마음으로 달 앞에 손을 모으는 존재, 그 또한 여성입니다.

이 위대한 존재가 낳기를 소망하는 것이 스스로와 같은 우주의 우주, 곧 여성이 아니라 '아들'이라니 이상한 일입니다. 그 이상함과 비틀어짐이 문학과 예술을 낳는 모태가 되었겠지만요.

열녀 박씨의 죽음

박지원

옛날 높은 벼슬에 오른 형제가 어느날 집에 돌아와서 다른 사람의 벼슬자리의 승진을 막자고 의논하였다. 그들의 어머니가 이야기를 듣고 말을 거들었다.

"애들아! 무엇 때문에 그 사람의 승진을 막으려고 하느냐?"

"그 어머니가 과부인데 행실에 대한 소문이 좋지 못합니다."

어머니가 놀란 듯이 말하였다.

"아니, 안방 안에서 일어난 일을 어떻게 알고 떠든다더냐?"

"풍문이 그러합니다."

"풍문이란 글자 그대로 바람처럼 떠도는 소문이다. 바람이라는 것은 소리는 들을 수 있어도 모양이 없으므로 눈으로 볼 수도 없고 손으로 만져볼 수도 없는 것이다. 바람은 공중에서 일어나 만물을 흔든다. 마찬가지로 풍문도 아무 근거 없이 일어나서 사람들을 흔들어 움직이게 한다. 그렇거늘 너희는 왜 근거도 없는 풍문을 가지고 그 사람의 앞길을 막으려고 하느냐? 게다가 너희는 과부인 나의 자식들이 아니냐? 과부의 자식이 과부의 처지를 왜 그렇게 몰라주느냐?”

그리고 그 여자는 품속에서 동전 한닢을 꺼내어놓았다.

“이 동전의 테두리무늬가 보이느냐?”

“안 보입니다.”

“거기 새겨진 문자는 보이느냐?”

“안 보입니다.”

어머니는 소매 끝으로 눈물을 닦으며 말을 이었다.

“이 무늬는 내가 지난 십년 동안 하도 만져서 닳아 없어진 것이다. 너희 어미를 죽음의 충동으로부터 지켜준 물건이다. 왜냐하면 사람의 혈기는 음양의 이치에 의하여 타고난 것이며, 감정과 욕망은 그 혈기에서 생겨나는 것이다. 생각은 홀로 있을 때 많아지고 고민은 그러한 생각 속에서 생겨나는 것이다. 혈기가 왕성할 때면 과부라고 어찌 감정이 없겠느냐? 등불의 그림자만 바라보며 밤을 지새울 때 처마 끝에 처량하게 들려오는 빗방울 소리나 달 밝은 창가에 떨어지는 나뭇잎 소리를 들어보아라. 게다가 저 멀리 하늘가에 외로운 기러기가 끼룩끼룩 울고 지나가면 처량한 신세를 누구한테 하소연하겠느냐? 곁에 누워 자는 어린 계집종이 속도 모르고 코 골며 잠에 곯아떨어져 있을 때, 나는 잠자리에서 일어나 이 동전을 꺼내어 방바닥에 아무렇게나 굴렸단다. 그러면 그 동전은 평평한 방바닥을 잘도 굴러가다가 구석진 곳을 만나면 쓰러지지. 나는 그 동전을 어둠속에서 더듬어 찾아서 다시 굴린단다. 하룻밤 사이에 대여섯 번을 굴리고 나면 날이 새지. 이렇게 십년을 지나고 나니 그다음부터는 동전 굴리는 횟수가 점점 적어지더구나. 나중에는 오일에 한번 또는 십일에 한번 굴렸는데 이제 나이 먹고 노쇠하여지니 동전 굴리는 일이 더이상 없어졌단다. 그러나 나는 이 동전을 싸고 또 싸서 수십년 동안을 깊이 갈무리해두었다. 이 동전의 공로를 잊지 않고 때때로 반성하는 계기로 삼기 위해서였다."

이 말을 들은 아들들은 어머니를 끌어안고 울었다고 한다.

조면희 『황소에게 보내는 격문 외』, 현암사 2001

이 글에 현대성, 현장성을 부여하는 건 인간이라는 존재에 영원히 따라붙는 외로움입니다. 과부의 개가를 나쁘게 생각하는 사회에서 과부의 외로움은 더했을 것이고 사람과의 만남과 소통이 자유롭지 않은 사회에서 홀로 있는 것을 견디기란 더욱 어려웠겠지요. 그 고통이 하늘에 닿고 땅을 울려 비로소 한 작가의 붓끝을 통해 이 글이 만들어졌을 겁니다.

풍문을 바람에 비유하고 코 고는 계집종을 등장시켜 사람 사이의 외로움을 현실감 있게 만들며, 테두리와 문자가 닳아 없어진 동전으로 인고의 세월을 더없이 분명하고 구체적으로 보여주는 솜씨를 감상해보십시오. 한동안 외롭지 않으실 겁니다.

능라도에서 생긴 일

이제하

―……80년대 중반 무렵 C일보 신춘문예로 등단했었죠. 근데 당선시와 소감이 나간 다음다음날인가 그러니까 정월 초이튿날인데, 이상한 아주머니 하나가 집으로 찾아왔어요. 청와대에서 동생을 좀 보잔다면서요. 차림은 고급스러운데 말할 수 없이 음울한 표정을 한 여자였죠. 정확히는 청와대가 아니라 그쪽의 넘버쓰리쯤 되는 작자가 동생의 당선시와 당선소감을 읽고 너무 감동한 나머지 꼭 한번 만나보고 싶어한다는 거였어요. 해괴한 일 아녜요? 그렇다면 전화로라도 이쪽 사정과 의향을 묻고 하회를 기다려야죠. 이건 으레 응하리라 전제하고 데리러 사람을 보낸 거예요. 순 깡패 상놈들이 하는 짓이죠.

―신문에 난 사진을 본 모양이로군…… 호기심이 동했던 건가.

―맞아요. 곱상해 보이니까 어떻게 수작질이라도 좀 해보자는 속셈이었겠죠. 감동은 무슨 얼어죽을 감동…… 나도 해명이 잘 안되는 시를 그자가 이해를 했겠어요? 당선소감도 감동을 받을 만한 그런 게 아녔구요. 사진빨이나 그렇지 동생도 실제로는 여

드름투성인걸요…… 근데 동생의 반응이 가관이었어요. 그 여편네가 내민 보좌관 명함이니 신분증을 들여다보더니 부득부득 따라나서겠다는 거예요. 틀림없는 것 같다면서요. 정치하는 인간이 제 시를 읽었다는 데 동생은 감동을 받은 것 같았어요. 좀 부풀리자면 정치권이 문화에 관심을 갖는다는 게 그게 어디냐는 거겠죠. 내 어이가 없어서…… 오빠가 생각하는 그런 이유 때문이 아니다, 왜 남의 자유를 막으려드느냐고 막 대들면서요. 그게 말이 돼요? 차라리 동생이 톡 까놓고 수컷에 대한 성적 호기심 때문에 그런다고 했으면 이해가 갔을 거예요. 한국 여성들의 치명적인 아킬레스건을 동생도 정통으로 꿰뚫리고 만 거죠. 입으로는 똑똑한 척 나대지만 정작 힘센 놈에게 쪽을 못 쓰는 그 근성 말예요. 키티 님, 혹시 동물의 왕국 같은 데서 문어의 생태 보신 적 있어요? 산란하고 난 제 암컷 머리째 으깨 잡아먹고 눈독 들이고 있던 다른 암컷한테로 직행하죠. 빨판으로 친친 감아 옴짝 못하게 만든 다음 지하동굴로 몰아넣고 생식기 달린 세번째 다리를 찔러넣어 겁탈하는 거예요. 이건 어쨌둥 우량종 자손을 지상에 남기려는 생물들의 잔인한 한 생태라고 할 수도 있어요. 교미 뒤에 암컷이 수컷을 잡아먹는 사마귀나 거미 같은 종류도 마찬가지구요. 근데 인간은 그게 아니잖아요. 그래서 또 인간인 거고…… 제가 무슨 얘기 하는지 아시겠죠?

　─정치하는 녀석들 믿지 마라, 순 사기꾼들이다…… 그런 얘기

아닌가. 맞아. 남을 참섭하고 어떻게 해보려는 욕망이 정치의 근
원이라고 하두만. 권력의지라고 하던가…… 그래서 어떻게 됐어?

　─대한극장 뒷골목에 있는 어떤 한옥으로 데려가더래요. 산해
진미가 빽적지근한 식탁 앞에서 기다리고 있으려니 한참 만에 어
둑신한 구석 쪽 문이 열리면서 썬글라스까지 낀 그 인간이 들어
오는데 진짜더래요. 집이 어디냐, 학교를 어떻게 다녔냐 하고 수
작질이 시작된 거죠. 근데 저 때문에 파토가 났어요.

　─……훼방을 놨군.

　─참을 수가 있어야죠. 그 이상한 여자한테서 받은 명함으로
전화를 걸고 냅다 호통을 쳤죠. 청와대 고관이 이따위 짓을 할 리
없다, 너 가짜지? 파출소에 신고하고 수뱈 했으니 기다리고 있어
라고 욕을 퍼부으면서요. 덕택에 서너 시간 뒤에 동생도 무사히
돌아오긴 했지만…

『능라도에서 생긴 일』, 세계사 2007

정치인들은 으레 문화에 관심을 가지지 않나요? 관심이 없던 사람도 정치판에 끼여들면 다 그렇게 된다는 것 같은데요. 이런 '후천성' 관심은 정치인 개인의 목표가 달성되면 사라지고 말지요. 소설에서는 그 관심이 문화에서 '문화인'으로 옮겨가고 있군요.

한 사람이 권력지향적인 어떤 행위를 하게 되면 그 사람은 권력이나 지향, 행위 그 자체의 속성을 가지게 되는 것 같습니다. 성공한 정치인들을 보면 사람이 아닌 것처럼 위광에 둘러싸여 있지요. 하지만 인간은 영원히 그렇게 하고 있을 수 없기 때문에 인간입니다. 또 영원히 남에게 참섭 당하고 휘둘리면서 살지는 않는 게 인간이기도 하지요.

늑대가 나타났다

이혜경

네가 이 먼데까지 웬일이냐. 그것도 혼자.

눈물이 글썽 맺혔지만, 그가 '이 먼데까지'라고 한 것을 놓칠 정도로 설운 것은 아니었다. '이 먼데'까지 늑대에게 잡혀가지 않고 와봤으니, 집으로 돌아가도 될 만한 자격이 있는 것처럼 느껴졌다. 마을에 있을 땐 다른 데를 그리워하게 만들던 어스름이 짙어졌다. 마을 밖의 어스름은 매몰차게 떠나온 마을과 집을 그리워하게 만들었다. 그는 더 묻지 않고 나를 담쏙 안아올려서 자전거 짐받이에 앉히고 내 가방을 자전거 앞의 손잡이에 걸었다.

아저씨가 집에 데려다주마. 아저씨 등 꼭 붙들어야 한다.

우물에 빠졌다가 동아줄을 잡은 심정이었지만, 그 동아줄이 썩은 동아줄인지 아닌지 알 수 없었다. 나는 그의 등을 붙들지 않고 그가 앉은 자리와 짐칸 사이에 튀어나온 쇠고리를 잡았다.

아저씨 못 만났으면 어쩔 뻔했냐. 아이 혼자 돌아다니다간 큰일난다.

그가 고개를 살짝 뒤로 돌리며 말했다. 늑대와 친척인 그가 늑대 이야기를 하는 게 신기했다. 어쩌면, 마을 어른들이 그를 잘못 본 것인지도 모른다는 생각이 들었다. 어스름녘, 들판을 혼자 걸어가는 아이에게 말을 걸어준 사람은 마을 안에서 늑대 취급을 받던 그뿐이었다. 먹빛으로 더 짙어진 가로수들이 이제 무섭지 않았다. 나는 슬그머니 그의 허리춤을 잡으며 그의 등에 몸을 기댔다. 그의 몸에선지 아니면 저녁공기에선지, 비 맞은 개에게서 나는 축축한 냄새가 맡아졌다. 한번도 본 적이 없지만 그게 늑대 냄새인지도 몰랐다. 어느새 나도 어린 늑대가 된 것일까. 그 냄새를 맡자 눈꺼풀이 자꾸만 감겨왔다. 자울자울 졸았다. 걸을 땐 그토록 먼 길이었는데, 자전거로 오니 금세 마을이었다. 마을 어귀에서 어슬렁거리던 동물이 자전거를 보고 컹, 짖었다. 늑대인지 개인지 구별할 수 없었다. 아저씨가 있으니 어느 쪽이라도 무섭지 않았다.(…)

자전거가 공터 어귀로 들어설 때, 우어허엉, 멋쟁이의 울부짖음이 어둑한 허공을 울리며 나를 맞았다. 으허엉, 내 몸에서 알지 못할 소리가 울려나오는 듯했다. 아무래도 어둠이 나를 늑대로 바꿔치기한 것만 같아서, 내가 나 아닌 아기늑대인 것 같아서, 나는 눈을 홉떴다.

『틈새』, 창비 2006

어릴 때, 한밤중에 늑대가 뒤란 위에 있는 숲에서 우는 소리를 들었습니다. 아기 울음소리처럼 들렸는데 그 울음소리를 듣고 어머니가 아기를 찾으러 가면 기다리고 있던 늑대가 어머니를 잡아먹는다는 이야기를 했지요. 누가 이런 엄청난 이야기를 했는지 기억이 잘 나지 않는군요. 어머니가 그런 이야기를 한 것 같지는 않은데, 설마 아기들이? 아기들도 어머니가 늑대에 잡아먹히면 살아가기가 어려워지지요. 할머니? 할아버지? 아버지? 누나? 형? 고모? 아무도 아닌 것 같은데요. 어머니가 늑대에게 잡아먹혀서 이익을 볼 사람은 없으니까요. 그런데도 이 이야기는 사실처럼 전해져서 한밤중에 혼자 밖으로 나가는 행동을 원천봉쇄했습니다.

이 작품 속의 '나'는 울타리 밖으로 나가는 데 성공했군요. 늑대에게 잡아먹히기 전에 구원을 받기도 합니다. '늑대 같은' 아저씨에게 말이지요. 그리고 스스로가 아기늑대가 된 것 같은 기분에 사로잡히네요. 그렇습니다. 늑대들이 어슬렁거리며 활보하는 세상에서 안전하게 살아갈 수 있는 방법은 늑대가 되는 겁니다. 착한 늑대도 있다는데 착한 아이들이 눈 딱 감고 늑대가 된 거겠지요?

네가 누구든 얼마나 외롭든

김연수

할아버지가 가리키는 부분에는 '인간의 수명이 70살이라고 할 때, 우리는'이라는 제목의 짤막한 글이 있었어. 거기에는 이렇게 적혀 있었지.

인간의 수명이 70살이라고 할 때, 우리는

1. 38300리터의 소변을 본다.

2. 127500번 꿈을 꾼다.

3. 2700000000번 심장이 뛴다.

4. 3000번 운다.

5. 400개의 난자를 생산한다.

6. 400000000000개의 정자를 생산한다.

7. 540000번 웃는다.

8. 50톤의 음식을 먹는다.

9. 333000000번 눈을 깜빡인다.

10. 49200리터의 물을 마신다.

11. 563킬로미터의 머리카락이 자란다.

12. 37미터의 손톱이 자란다.

13. 331000000리터의 피를 심장에서 뿜어낸다.

할아버지는 4번과 7번을 손가락으로 가리키고는 손수 종이에다 계산을 했어. 이번에는 곱하기 문제가 아니라 나누기 문제였어.

$$540000 \div 3000 = 180$$

"하루에 사십이해일천이백만경 번 이산화탄소를 배출해내는 인간들로 가득 찬 이 지구에서도 우리가 살아갈 수 있는 까닭은 이 180이라는 숫자 때문이다. 인간만이 같은 종을 죽이는 유일한 동물이라는 걸 알아야 한다. 하지만 그럼에도 인간만이 웃을 줄 아는 유일한 동물이라는 것도 알아야 한다. 180이라는 이 숫자는 이런 뜻이다. 앞으로 네게도 수많은 일들이 일어날 테고, 그중에는 죽고 싶을 만큼 힘든 일이 일어나기도 할 텐데, 그럼에도 너라는 종(種)은 백팔십 번 웃은 뒤에야 한번 울 수 있도록 만들어졌다는 얘기다. 이 사실을 절대 잊어버리면 안된다."

그렇게 말하고 잠시 말을 멈추더니 할아버지가 말했어.

"그러니 네가 유명한 작가가 된다면 우리 인간이란 백팔십 번

웃은 뒤에야 겨우 한번 울 수 있게 만들어진 동물이라는 사실에
대해 써야만 하는 거야."

『네가 누구든 얼마나 외롭든』, 문학동네 2007

인간은 살아가면서 힘들고 병들고 늙고 외롭고 슬프고 아파서 웁니다. 눈물을 흘리며 소리내어 울 수도 있지만 조용히 남모르게 울 수도 있으니까 우리가 스스로에 대해 알고 있는 것보다 훨씬 더 자주 울지도 모릅니다. 슬피 운 꿈은 기억에 남는데 시원하게 웃어본 꿈은 거의 남아 있지 않군요.

그럼에도 불구하고 그 울음의 180배 되는 웃음이 인생에 예정되어 있다니, 지금의 울음이 곧 180배로 돌아온다고 생각하면 울다가도 웃음이 나올 판이군요. 이것이 비극일까요, 희극일까요.

눈길

이청준

　십칠팔년 전, 고등학교 1학년 때였다. 술버릇이 점점 사나워져가던 형이 전답을 팔고 선산을 팔고, 마침내는 그 아버지 때부터 살아온 집까지 마지막으로 팔아넘겼다는 소식이 들려왔다. K시에서 겨울방학을 보내고 있던 나는 도대체 일이 어떻게 되어가는지나 알아보고 싶어 옛 살던 마을엘 찾아가보았다. 집을 팔아버렸으니 식구들을 만나게 될 기대는 없었지만, 그래도 달리 소식을 알아볼 곳이 없기 때문이었다. 어스름을 기다려 살던 집 골목을 들어서니 사정은 역시 K시에서 듣고 온 대로였다. 집은 텅텅 빈 채였고 식구들은 어디론지 간 곳이 없었다. 나는 다시 골목 앞에 살고 있던 먼 친척간 누님을 찾아갔다. 그런데 그 누님의 말을 들으니, 노인이 뜻밖에 아직 나를 기다리고 있다는 것이었다.

　"여기가 어디냐. 네가 누군데 내 집앞 골목을 이렇게 서성대고 있어야 하더란 말이냐."

　한참 뒤에 어디선가 누님의 소식을 듣고 달려온 노인이 문간 앞에서 어정어정 망설이고 있는 나를 보고 다짜고짜 나무랐다.

행여나 싶은 마음으로 노인을 따라 문간을 들어섰으나 집이 팔린 것은 분명해 보였다.

　그날밤 노인은 옛날과 똑같이 저녁을 지어 내왔고, 그날밤을 거기서 함께 지냈다. 그리고 이튿날 새벽 일찍 K시로 나를 다시 되돌려보냈다. 나중에야 안 일이지만 노인은 그렇게 나에게 저녁 밥 한끼를 지어 먹이고 마지막 밤을 지내게 해주고 싶어, 새 주인 의 양해를 얻어 그렇게 혼자서 나를 기다리고 있었다 했다. 언젠 가 내가 다녀갈 때까지는 하룻밤만이라도 내게 옛집의 모습과 옛 날 같은 분위기 속에 맘 편히 눈을 붙이고 가게 해주고 싶어서였 을 터이다. 아무리 그렇더라도 문간을 들어설 때부터 썰렁한 집 안 분위기가 이사를 나간 빈집이 분명했건만.

『눈길』, 열림원 2000

어머니(노인)는 떠나간 식구를 언제까지나 기다리며 서 있는 집처럼 자식이 돌아올 날을 기다렸습니다. 그 집에서 저녁 한끼, 하룻밤의 안식을 자식에게 안겨주기 위해 떠나지 않고 기다렸습니다. 어머니는 기다리고 기다렸습니다. 어머니 자신이 집이었습니다. 어머니 자신이 뜨거운 저녁밥 한끼였습니다. 하룻밤의 단잠이었습니다.

이제 자식이 떠나가면 어머니는 빈집이 되겠지요. 언제까지고 자식이 돌아오기를 기다리는, 속이 텅텅 빈집 말입니다.

반죽의 형상

권여선

N에게 말은 안했지만,

올해에도 나는 여름휴가가 시작되기 전부터 긴 휴가를 계획하고 있었다. 그것을 과연 휴가라고 부를 수 있다면 말이다. 휴가의 예감은 결투의 예감처럼 끔찍하고 달콤하다. 모욕에 결투로 응하는 풍습은 사라졌지만 그 깨끗한 변제에 대한 향수는 인류의 정신 속에 면면히 남아 있다는 게 내 생각이다. 결투는 모욕을 청산하는 가장 명쾌한 방식이다. 결투에는 상대를 몇대 패주겠다거나 보상금 몇푼 받아내겠다는 식의 유치한 계산 찌꺼기가 없다. 나를 모욕한 자를 죽이거나 모욕당한 나 스스로 죽는 것만큼 모욕을 완전연소시키는 방식이 또 있을까. 모욕이란 그런 것이다. 상대를 죽이거나 내가 죽거나. 칼이 둘 중 하나의 생명을 끊음으로써 모욕관계를 끊는다. 그런 의미에서 내 휴가 또한 과거의 모욕에 대한 뒤늦은 결투신청이라고 할 수 있다.

어느날 아침 문득 골똘해져 수십년 전 어떤 친구가 자신에게 했던 말이나 행위에서 참을 수 없는 모욕을 발견하고 불현듯 떨

치고 일어나 결투의 편지를 써보내는 늙은 신사처럼 내 결투신청
에도 다소 우스꽝스러운 대목이 있음을 나는 알고 있다. 하지만
모욕이 즉각 교환되지 못하고 시간의 회로 속에서 길을 잃는 수도
있으니 아무리 늦어도 절박한 때가 적절한 때이다. 결투란 모욕
이 가해진 싯점이 아니라 모욕을 느낀 싯점에서 신청되는 것이다.

『분홍 리본의 시절』, 창비 2007

문장 하나하나에 '통찰의 형상'이 들어 있는 것 같습니다. 휴가의 예감은 결투의 예감처럼 끔찍하고 달콤하다. 그럴 수 있지요. 결투는 모욕을 청산하는 가장 명쾌한 방식이다, 맞지요? 모욕의 완전연소가 결투다, 이 역시 고개가 끄덕거려지는 대목입니다. 제게 가장 실감이 가는 부분은 결투의 편지를 써보내는 늙은 신사에서 '늙은'이라는 형용사입니다. 돈키호테가 연상되면서 우스꽝스럽지만 약간은 슬프게도 느껴집니다.

'아무리 늦어도 절박한 때가 적절한 때'라는 말은 일상에 유용한 잠언 같기도 합니다. 문장을 읽어나가면서 통찰의 말들이 일제히 빠르고 힘있게 달려가는 듯한, 기분 좋은 에너지가 느껴지는군요.

젊은 느티나무

강신재

그에게서는 언제나 비누 냄새가 난다.

아니, 그렇지는 않다. 언제나라고는 할 수 없다.

그가 학교에서 돌아와 욕실로 뛰어가서 물을 뒤집어쓰고 나오는 때면 비누 냄새가 난다. 나는 책상 앞에 돌아앉아서 꼼짝도 하지 않고 있더라도 그가 가까이 오는 것을—그의 표정이나 기분까지라도 넉넉히 미리 알아차릴 수 있다.

티셔츠로 갈아입은 그는 성큼성큼 내 방으로 걸어들어와 아무렇게나 안락의자에 주저앉든가, 창가에 팔꿈치를 짚고 서면서 나에게 빙긋 웃어 보인다.

"무얼 해?"

대개 이런 소리를 던진다.

그런 때에 그에게서 비누 냄새가 난다. 그리고 나는 나에게 가장 슬프고 괴로운 시간이 다가온 것을 깨닫는다. 엷은 비누의 향료와 함께 가슴속으로 저릿한 것이 퍼져나간다…… 이런 말을 하고 싶었던 것이다. (…)

그가 이삼 미터의 거리까지 와서 멈추었을 때 나는 내 몸이 저절로 그 편으로 내달은 것 같은 착각을 느꼈다. 사실은 그와 반대로 젊은 느티나무 둥치를 붙든 것이었다.

"그래, 숙희, 그 나무를 놓지 말어. 놓지 말고 내 말을 들어."

그는 자기도 한두 걸음 뒤로 물러서면서 말하였다. 그 얼굴에는 무언지 참담한 것이 있었다. (…)

그는 부르쥔 손등으로 얼굴을 닦았다.

"내 말을 알어줄까 숙희?"

나는 눈물을 그득 담고 끄덕여 보였다. 내 삶은 끝나버린 것이 아니었다. 나는 그를 더 사랑하여도 되는 것이었다.

"이제는 집에 돌아오겠다고 약속해주겠지? 내일이건 모레건 되도록 속히……"

나는 또 끄덕여 보였다.

"고마워, 그럼."

그는 억지로처럼 조금 미소하였다.

그리고 빙글 몸을 돌려 산비탈을 달려내려갔다.

바람이 마주 불었다.

나는 젊은 느티나무를 안고 웃고 있었다. 펑펑 울면서 온 하늘로 퍼져가는 웃음을 웃고 있었다. 아아, 나는 그를 더 사랑하여도 되는 것이다……

『젊은 느티나무』, 민음사 1996

소설을 두고 '풍속의 역사'라는 말을 할 수 있습니다. 개인의 삶이 모여 기록이 될 때 역사가 되는데 소설은 특히 희로애락에 흔들리는 삶의 다양한 양태를 담아냅니다.

소설의 한 문장이 당대 풍속의 예민한 부분을 압축해서 보여줄 수도 있으니 이 소설의 첫대목이 바로 그런 상징적인 예입니다. '그에게서는 비누 냄새가 난다'는 이 한 문장 때문에 얼마나 많은 비누가 청년들에게 팔렸을지. 그걸 알았다면 비누회사들이 이 소설가에게 감사장을 줬어야 했을 겁니다. 어쩌면 지금 당장이라도.

양풍전

심상대

옛날에 어떤 집에, 옛날에 양풍이 집에, 아버지가 작은집 하나 뒀는데, 이 여자가 하도 지독스러워 가지고—

엄마는 살았어 죽었어?

죽었어.

그럼 작은집이 아니네. 계모지.

있을 때 있을 때, 작은집 둔 건 양풍이 엄마 있을 때야. 양풍이 엄마는 내중에 죽었지.

으응.

그래 살았는데, 이 여자가 하도 본어머이를 못살게 하고 이래서, 양풍이 어머이가 양풍이를 업고 양녀를 앞세우고 문 앞을 나설 때 산천도 울고 초목도 울었대.

그런데 그 이야기책 어디서 난 건데, 어머니.

몰라. 옛날에 느이 외할아버지가 내 어려서 읽으라 해서 읽었어. 설에 어데 놀러 다니라 하나. 이런 거나 읽으라 그러지. 그런데 양풍이 어머이가 양녀를 업고 나갈 때 어데로 간다고 했고 하몬, 옛날에 양풍이 외갓집이 잘살 때 종으로 있던 할아버지 집으

215

로 지망(志望)하고 업고 나가니, 하마 그 종이 죽은 지 수년이 돼서 그 집터 찾아가니 쑥대밭이 됐드래.

으응.

(…)

또 종을 쳤다. 이번에는 상당(上堂)에 있는 하인이 나와 어쩐 일로 이런 먼 지경에 와 어린 소녀가 그러냐고 하니 성은 양(梁)가요 이름은 풍(風)이와 녀(女)라고 했다, 엄마 찾아왔다고 하니, 잠깐만 있으라 하더니 안에 들어가 상감 있는 데 가서 십세 어린 동자, 소녀가 엄마 찾아왔다 하니, 데리고 오라 하여 들어가니, 고대광실 높은 의자에 앉아 있던 엄마, 버선발로 뛰어와, 양풍아 젖 먹고 싶어 어찌 살았느냐, 양녀야 손 아파 어찌 살았느냐, 하고, 이곳은 너희가 있을 데 아니라고, 양녀는 손목을, 싸났던 걸 붙여주고, 너는 옥황상전 선녀 가고, 양풍이는 칼을 줘서 나라에 군사가 되어 좋은 사람 되라 했대.

그럼 양풍이가 받은 건 칼이구만.

그래. 칼.

그게 다야?

거럼 다지.

또 없어?

머? 우터하라고? 마카 잘 먹고 잘살았다는데.

『묵호를 아는가』, 문학동네 2001

소설의 어머니는 이야기입니다. 이 작품에서는 젊은 목소리가 계모니 칼이 어쩌느니 저쩌느니 따지는군요. 어머니는 모르는 척하며 너그럽게 아들을 끌어안습니다. 그런데 이 어머니의 이야기가 소설보다 훨씬 중독성이 높겠군요. 생명력 역시 길 것이고요.

마지막 부분에서 어머니 이야기와 아들 소설은 '끝'이라는 공통점으로 만납니다. 헤어지는 건 언제나 슬픈 법일까요? 더이상 이야기를 들을 수 없게 되었다는 것, 소설을 이만 덮어야 한다는 사실이 코끝을 알싸하게 만드는군요. 모두 잘 먹고 잘살았다는데도.

이 책의 작가들

강신재 ● 1924년 서울에서 태어나 1949년 『문예』에 소설을 발표하며 등단. 대표작으로 「임진강의 민들레」「오늘과 내일」「파도」『젊은 느티나무』『여정』 등이 있음. 한국문학가협회상, 여류문학상, 중앙문화대상, 예술원상 등을 수상했으며, 2001년 타계함.

강희맹 姜希孟 ● 조선 전기의 문신이며 우리나라 최초의 농학자(1424~83). 문장가로서 경전에 통달했으며 농촌에서 널리 전승되던 민요나 설화에도 남다른 식견을 가짐. 문집으로 『금양잡록』『촌담해이』『사숙재집』 등이 있음.

공선옥 ● 1963년 전남 곡성에서 태어나 1991년 『창작과비평』으로 등단. 소설집 『피어라 수선화』『내 생의 알리바이』『멋진 한세상』『명랑한 밤길』『나는 죽지 않겠다』, 장편소설 『오지리에 두고 온 서른살』『시절들』『붉은 포대기』 등이 있으며, 신동엽창작상, 오늘의 젊은 예술가상, 올해의 예술가상, 백신애문학상 등을 수상함.

권여선 ● 1965년 경북 안동에서 태어나 1996년 상상문학상을 수상하며 등단. 소설집 『처녀치마』『분홍 리본의 시절』, 장편소설 『푸르른 틈새』 등이 있으며, 오영수문학상, 이상문학상 등을 수상함.

김　구 ● 한국의 정치가·독립운동가. 1876년 황해도 해주에서 태어나 동학농민운동과 신민회에 참여함. 3·1운동 후 임시정부 활동, 결사단체인 한인애국단을 조직하고 한국독립당을 창당, 한국광복군을 조직하여, 독립운동을 전개했으며 1949년 암살당함. 저서로 『백범일지』가 있음. 건국훈장 대한민국장이 추서됨.

김사과 ● 1984년 서울에서 태어나 2005년 창비신인소설상을 수상하며 등단. 장편소설 『미나』가 있음.

김성동 ● 1947년 충남 보령에서 태어나고 고교 3학년 때 출가하여 10여년간 불문(佛門)에 들었다가 1976년 하산. 1975년 『주간종교』 종교소설 현상모집에 당선되고, 1978년 『한국문학』 신인상을 수상하며 작품활동 시작. 소설집 『피안의 새』 『오막살이 집 한 채』 『붉은 단추』, 장편소설 『만다라』 『길』 『국수』 『꿈』 등이 있으며, 신동엽창작상, 행원문화상, 현대불교문학상 등을 수상함.

김소진 ● 1963년 강원도 철원에서 태어나 1991년 경향신문 신춘문예로 등단. 소설집 『열린 사회와 그 적들』 『고아떤 뺑덕어멈』 『자전거 도둑』, 장편소설 『장석조네 사람들』 등이 있음. 오늘의 젊은 예술가상을 수상했으며, 1997년 타계함.

김승옥 ● 1941년 일본 오오사까에서 태어나 1962년 한국일보 신춘문예로 등단. 대표작으로 「환상수첩」 「무진기행」 「서울, 1964년 겨울」 「서울의 달빛 0장」 등이 있으며, 동인문학상, 이상문학상 등을 수상함.

김애란 ● 1980년 인천에서 태어나 2003년 대산대학문학상을 수상하며 등단. 소설집으로 『달려라 아비』 『침이 고인다』 등이 있으며, 한국일보문학상,

이효석문학상 등을 수상함.

김연수 ● 1970년 경북 김천에서 태어나 『작가세계』에 1993년 시로, 1994
년 소설로 등단. 소설집 『스무살』『내가 아직 아이였을 때』『나는 유령작가
입니다』, 장편소설 『가면을 가리키며 걷기』『꾿빠이, 이상』『네가 누구든 얼
마나 외롭든』『밤은 노래한다』 등이 있으며, 동서문학상, 동인문학상, 대산
문학상, 황순원문학상 등을 수상함.

김원일 ● 1942년 경남 진영에서 태어나 1966년 매일신문 신춘문예로 등
단. 소설집 『어둠의 혼』『도요새에 관한 명상』『물방울 하나 떨어지면』『푸
른 혼』, 장편소설 『마당 깊은 집』『불의 제전』『슬픈 시간의 기억』 등이 있으
며, 현대문학상, 한국소설문학상, 대한민국문학상, 한국일보문학상, 동인문
학상, 이상문학상, 이산문학상, 만해문학상 등을 수상함.

김유정 ● 1908년 강원도 춘천에서 태어나 1935년 조선일보 신춘문예로
등단. 대표작으로 「따라지」「동백꽃」「봄·봄」「땡볕」등이 있으며, 1937년 타
계함.

김중혁 ● 1971년 경북 김천에서 태어나 2000년 『문학과사회』로 등단. 소
설집 『펭귄뉴스』『악기들의 도서관』 등이 있으며, 김유정문학상을 수상함.

김화영 ● 1942년 경북 영주에서 태어나 프랑스 엑상프로방스 대학에서
알베르 까뮈 연구로 문학박사 학위를 받음. 번역가이자 문학평론가로 활동
하고 있음. 저서 『시간의 파도로 지은 성』『전화와 편지』『한국문학의 사생
활』 등이 있고, 역서로는 『이방인』『섬』『앙드레 말로』 등이 있음.

네루다, 빠블로 Pablo Neruda ● 1904년 칠레에서 태어난 시인이자 외교

관. 철도노동자의 아들로 태어나 10세부터 시를 쓰기 시작함. 대표작 「지상
의 거처」 「모든 이들의 노래」 등이 있음. 1971년 노벨문학상을 수상했으며,
1973년 타계함.

달, 로얼드 Roald Dahl ● 1916년 영국 웨일스에서 태어나 '에드가 앨런
포' 상을 두 차례, 전미 미스터리 작가상을 세 차례 수상함. 소설『당신을 닮
은 사람』, 동화『찰리와 초콜릿 공장』『제임스와 슈퍼 복숭아』 등이 있으며,
1990년 타계함.

루쉰 魯迅 ● 중국 근대문학의 아버지이자 근대 중국어의 성립에 주도적 역
할을 한 문호(1881~1936). 본명은 저우슈런(周樹人)이고, 반제 반봉건 문학운
동을 전개하면서 당국의 박해를 피하기 위해 사용한 1백 가지 이상의 필명
가운데 하나가 루쉰. 대표작으로 「아Q정전」「광인일기」「투창과 비수」 등이
있음.

박민규 ● 1968년 울산에서 태어나 2003년 문학동네작가상과 한겨레문학
상을 받으며 등단. 소설집『카스테라』, 장편소설『삼미슈퍼스타즈의 마지막
팬클럽』『지구영웅전설』『핑퐁』 등이 있으며, 이효석문학상, 신동엽창작상
등을 수상함.

박완서 ● 1931년 경기도 개풍에서 태어나 1970년『여성동아』 장편소설
공모에 당선되어 등단. 소설집『엄마의 말뚝』『해산바가지』『너무도 쓸쓸한
당신』, 장편소설『미망(未忘)』『그 많던 싱아는 누가 다 먹었을까』『아주 오
래된 농담』 등이 있으며, 한국문학작가상, 이상문학상, 대한민국문학상, 이
산문학상, 중앙문화대상, 현대문학상, 동인문학상, 대산문학상, 만해문학상,
황순원문학상 등을 수상함.

박지원 朴趾源 ● 조선 후기의 실학자이자 소설가(1737~1805). 북학파의
영수로 이용후생의 실학을 강조하였으며, 특히 자유롭고 기발한 문체로 여
러 편의 소설을 발표해 양반계층의 타락상을 고발함. 대표작「호질」「허생
전」「양반전」 등이 있음.

박태원 ● 1909년 서울에서 태어나 일본 호오세이(法政)대학을 중퇴함.
1926년 『조선문단』에 시로, 1930년 『신생』에 소설로 등단. 대표작으로「소
설가 구보씨의 일일」「골목 안」「성탄제」「태평성대」, 소설집 『천변풍경』,
장편 『갑오농민전쟁』 등이 있으며, 1986년 타계함.

박현욱 ● 1967년 서울에서 태어나 2001년 『문학동네』 신인상을 수상하며
등단. 소설집 『그 여자의 침대』, 장편소설 『동정 없는 세상』『새는』『아내가
결혼했다』 등이 있으며, 세계문학상을 수상함.

배수아 ● 1965년 서울에서 태어나 1993년 『소설과사상』으로 등단. 소설
집 『푸른 사과가 있는 국도』『바람인형』『훌』, 장편소설 『랩소디 인 블루』
『일요일 스키야키 식당』 등이 있으며, 한국일보문학상, 동서문학상 등을 수
상함.

백가흠 ● 1974년 전북 익산에서 태어나 2001년 서울신문 신춘문예로 등
단. 소설집 『귀뚜라미가 온다』『조대리의 트렁크』 등이 있음.

베토벤, 루트비히 판 Ludwig van Beethoven ● 고전주의 음악을 대표하
는 독일의 작곡가(1770~1827). 고전주의 전통을 따르면서도 새로운 시대정
신과 인간의 자유와 존엄을 추구한 작품들을 보여줌. 대표작으로「운명」을
비롯한 9개의 교향곡, 32개의 피아노 소나타 등이 있음.

심상대 ● 1960년 강원도 강릉에서 태어나 1990년 『세계의 문학』으로 등
단. '마르시아스 심'이라는 필명을 사용하기도 함. 소설집 『묵호를 아는가』
『떨림』『심미주의자』 등이 있으며, 현대문학상 등을 수상함.

심연섭 ● 1923년 서울에서 태어나 합동통신 외신부장, 동양통신 외신부
장, 국제부장 이사를 지냈음. 한국 최초로 '칼럼니스트'라는 호칭을 사용해
글을 썼으며, 1977년 타계함.

양귀자 ● 1955년 전북 전주에서 태어나 1978년 『문학사상』 신인상을 수
상하며 등단. 소설집 『원미동 사람들』『슬픔도 힘이 된다』『지구를 색칠하는
페인트공』, 장편소설 『나는 소망한다 내게 금지된 것을』『천년의 사랑』『모
순』 등이 있으며, 유주현문학상, 이상문학상, 현대문학상, 21세기문학상 등
을 수상함.

윤성희 ● 1973년 경기도 수원에서 태어나 1999년 동아일보 신춘문예로
등단. 소설집 『레고로 만든 집』『거기, 당신』『감기』 등이 있으며, 현대문학
상, 올해의 예술상, 이수문학상 등을 수상함.

윤후명 ● 1946년 강원도 강릉에서 태어나 1967년 경향신문 신춘문예에
시로, 1979년 한국일보 신춘문예에 소설로 등단. 대표작 「돈황의 사랑」「섬」
「원숭이는 없다」 등이 있으며, 녹원문학상, 소설문학작품상, 한국일보문학
상, 현대문학상, 이상문학상, 이수문학상 등을 수상함.

이기호 ● 1972년 강원도 원주에서 태어나 1999년 『현대문학』으로 등단. 소
설집 『최순덕 성령충만기』『갈팡질팡하다가 내 이럴 줄 알았지』 등이 있음.

이문구 ● 1941년 충남 보령에서 태어나 1966년 『현대문학』으로 등단. 소

설집『관촌수필』『우리 동네』『내 몸은 너무 오래 서 있거나 걸어 왔다』, 장편소설『장한몽』『산너머 남촌』『매월당 김시습』 등이 있음. 한국창작문학상, 한국문학작가상, 한국일보문학상, 만해문학상, 동인문학상 등을 수상했으며, 2003년 타계함.

이병주 ● 1921년 경남 하동에서 태어나 1965년『세대』에 장편을 발표하며 등단. 장편소설『관부연락선』『산하』『지리산』 등이 있으며, 1992년 타계함.

이 옥 李鈺 ● 조선 후기의 문인(1760~1812). 한평생 소품문 창작에 전념하여 발랄하고 홍미로운 작품을 많이 남김. 사실적이면서 개인의 정감을 중시하는 개성적인 시와 산문이 있으며, 희곡「동상기」도 집필함.

이제하 ● 1937년 경남 밀양에서 태어나 1957년『현대문학』에 시를, 1959년『신태양』에 소설을 발표하며 작품활동 시작. 소설집『초식』『유자약전』『밤의 수첩』『모래틈』, 시집『저 어둠속 등빛들을 느끼듯이』『빈 들판』 등이 있으며, 이상문학상, 한국일보문학상, 편운문학상 등을 수상함.

이청준 ● 1939년 전남 장흥에서 태어나 1965년『사상계』로 등단. 소설집『소문의 벽』『서편제』『섬』, 장편소설『당신들의 천국』『춤추는 사제』『흰옷』『축제』 등이 있음. 대한민국문학상, 동인문학상, 이상문학상, 이산문학상, 대산문학상 등을 수상했으며, 2008년 타계함.

이혜경 ● 1960년 충남 보령에서 태어나 1982년『세계의 문학』으로 등단. 소설집『그 집 앞』『꽃그늘 아래』『틈새』, 장편소설『길 위의 집』 등이 있으며, 오늘의 작가상, 한국일보문학상, 현대문학상, 동인문학상 등을 수상함.

전성태 ● 1969년 전남 고흥에서 태어나 1994년『실천문학』으로 등단. 소설집『매향』『국경을 넘는 일』, 장편소설『여자 이발사』등이 있으며 신동엽 창작상을 수상함.

전혜린 ● 1934년 평남 순천에서 태어나 독일 유학 후 성균관대 교수를 지내며 번역가로 활동함. 번역서『압록강은 흐른다』『생(生)의 한 가운데』, 수필집『그리고 아무 말도 하지 않았다』『이 모든 괴로움을 또다시』등이 있음. 1965년 스스로 생을 마감함.

정미경 ● 1960년 경남 마산에서 태어나 1987년 중앙일보 신춘문예에 희곡으로, 2001년『세계의 문학』에 소설로 등단함. 소설집『나의 피투성이 연인』『발칸의 장미를 내게 주었네』『내 아들의 연인』, 장편소설『장밋빛 인생』『이상한 슬픔의 원더랜드』등이 있으며, 이상문학상, 오늘의 작가상 등을 수상함.

채만식 ● 1902년 전북 옥구에서 태어나 1924년『조선문단』에 단편소설이 추천되어 작품활동 시작. 대표작으로「치숙」「탁류」『태평천하』등이 있으며, 1950년 타계함.

채제공 蔡濟恭 ● 조선 후기의 문신(1720~99). 영조대의 남인, 특히 청남(淸南) 계열의 지도자로 정조의 탕평책을 추진한 핵심적인 인물. 문집으로『번암집』등이 있음.

천명관 ● 1964년 경기도 용인에서 태어나 2003년 문학동네신인상을 수상하며 등단. 영화「총잡이」「북경반점」등의 시나리오를 집필했으며, 소설집『유쾌한 하녀 마리사』, 장편소설『고래』등이 있음.

최명희 ● 1947년 전북 전주에서 태어나 1980년 중앙일보 신춘문예로 등단하고 이듬해 동아일보 창간 60주년 기념 장편소설 공모전에서 『혼불』이 당선됨. 『혼불』을 1980년부터 1996년까지 17년간 집필함. 단재문학상, 호암 예술상, 세종문화상, 여성동아대상 등을 수상했으며, 1998년 타계함.

한승오 ● 1960년 부산에서 태어나 서울에서 대학을 졸업하고 직장생활을 하다가 현재 홍성에서 농사를 짓고 있음. 저서로 『그래, 땅이 받아줍디까』 『몸살』 등이 있으며, 2006년 『녹색평론』에 시 「새싹」 외 2편을 발표함.

한창훈 ● 1963년 전남 여수에서 태어나 1992년 대전일보 신춘문예로 등 단. 소설집 『바다가 아름다운 이유』 『가던 새 본다』 『섬, 나는 세상 끝을 산 다』 『나는 여기가 좋다』, 장편소설 『홍합』 등이 있으며, 한겨레문학상을 수 상함.

현진스님 ● 1983년 출가하여 해인사 승가대학에서 경전을 익히고 송광사 율원에서 율장을 공부함. 저서로 『두번째 출가』 『삭발하는 날』 『잼있는 스님 이야기』 등이 있음.

홍은택 ● 서울대 동양사학과를 졸업하고 동아일보 워싱턴 특파원과 이라 크전 종군기자로 활동함. 저서로 『블루 아메리카를 찾아서』 『아메리카 자전 거 여행』 『서울을 여행하는 라이더를 위한 안내서』 등이 있음.

황순원 ● 1915년 평남 대동에서 태어나 1931년 『동광』에 시를, 1936년 『창작』에 소설을 발표하며 등단. 대표작으로 「별」 「독 짓는 늙은이」 「소나 기」 「목넘이 마을의 개」 『늪』 『카인의 후예』 『나무들 비탈에 서다』 등이 있 음. 인촌상, 대학민국문학상, 아시아자유문학상, 예술원상 등을 수상했으며, 2000년 타계함.

성석제가 찾은 맛있는 문장들

초판 1쇄 발행 / 2009년 2월 20일
초판 13쇄 발행 / 2022년 7월 19일

엮은이 / 성석제
펴낸이 / 강일우
책임편집 / 박신규
펴낸곳 / (주)창비
등록 / 1986년 8월 5일 제85호
주소 / 10881 경기도 파주시 회동길 184
전화 / 031-955-3333
팩스 / 영업 031-955-3399 · 편집 031-955-3400
홈페이지 / www.changbi.com
전자우편 / lit@changbi.com

ISBN 978-89-364-7159-0 03810